お伊勢 水神様のお宿に嫁入りいたします

和泉あや

STARTS
スターツ出版株式会社

天照大御神の鎮座する伊勢神宮内宮。

その西端に流るるは、神域と俗世を隔つる五十鈴川。

遥か昔より、清浄な空気を纏ふこの地に建つは、一軒のお宿【天のいわ屋】。

古めかしくも幻想やうなる灯りに彩られしこのお宿。

橋渡り、暖簾をくぐるべきは、限られしお客様のみ。

そう、此れは、人の世を見守り、時に騒がしつつも紛れて暮らす、神様あやかしのみの入るるお宿。

ただ、ひとり、縁を持ちて、生を授かりし人の子を除いては——。

目次

登場人物紹介
野々宮いつき
19歳。幼い頃事故に遭い、神とあやかし専用の宿「天のいわ屋」の女将、瀬織津姫に育てられた。恩を返す為に宿で働いている。
ミヅハ
水波能売命。五十鈴川の二代目水神で、天のいわ屋の若旦那。クールだが、甘いものに目がない。いつきとは幼馴染のような関係。

豆吉

伊勢神宮を囲む千古の森に住む白い豆狸。いつきに助けられて以来懐いている。

天照大御神から天のいわ屋を任せられている女将。口は悪いが面倒みが良い姉御肌。

千汰

湯守担当の気のいい河童。頭のお皿がコンプレックスで、バンダナで隠している。

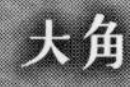

大猫のあやかし。天のいわ屋の内務担当。大きな体躯を持ち、無口だが心優しい。

夕星

耽美な黒狐。天のいわ屋の番頭を勤める。ロマンチストで美しいものが大好き。

朝霧

男嫌いの絡新婦。天のいわ屋では仲居を務めている。いつきにとって姉のような存在。

日本の神々の頂点に位置する神。天のいわ屋の創設者。とても美しい容姿を持っているが…。

お伊勢　水神様のお宿に嫁入りいたします

【一章】突然すぎる婚約話

朝から降る雨が、宇治橋のたもとに建つ伊勢鳥居を濡らしている。

内宮の神域を守るそれを見上げた私は、雨粒を弾く深紅に染められた和傘の下で一礼し、大鳥居をくぐった。

俗界から神域に入る瞬間、「おかえり」という声なき声に迎え入れられるような、神聖で温かな空気に包まれ、わずかに頬を緩めると、五十鈴川にかかる宇治橋を渡る。

なだらかに反った橋を歩いていると、いつのまにやってきていたのか、白い毛の狸が一匹、私の歩調に合わせて小さな足をひょこひょこと必死に動かしていた。

同じく橋を渡る参拝者は、誰ひとりとして狸には気付いていない。

その理由は誰も足元を見ていないから、というものではなく。

「いつき様！　こんにちは！」

愛くるしい顔でこちらを見上げ、私、野々宮いつきの名を呼ぶこの狸が、ただの狸ではないからだ。

「こんにちは、豆ちゃん」

歩む速度を落としつつ返した挨拶に、ふさふさの尻尾を大きく振った豆ちゃん。

彼は、この伊勢神宮を囲む千古の森に住まう〝あやかし〟と呼ばれる存在。

正式なあやかし名を〝豆狸〟という。

あやかしは、俗にいう幽霊と同様、普通の人間には視えない。

だから、私を追い越し、すれ違う参拝者たちは、なにもない足元に視線を落としぶつぶつと話す私に、なんとも怪訝(けげん)そうな視線を向ける。

しかし、あやかしを視ることも、不思議そうな視線を受けることも、小さな頃から日常茶飯事となっている私は、そんな周囲の反応をあまり気に留めることなく、かわいらしい豆ちゃんとの会話を楽しむ。

「今日は裏からではないんですか？」

「うん、ちょっと友達のところに寄ってからと思って」

「もしかして舞女(ぶじょ)の？」

「そう、さくちゃんだよ」

舞女とは、ここ、伊勢神宮で朱い袴(はかま)を穿(は)いている若い女性の呼び名だ。

その舞女として勤務しているさくちゃんこと、岩井桜乃(いわいさくの)は、中学、高校の同級生で、私の数少ない友人のひとり。

夕暮れ迫る今頃の時刻は、神楽殿(かぐらでん)での祈祷(きとう)も終わり、境内の掃除をしているはずだ。

「豆ちゃんは、今日はどうしたの？」

以前、雨の日は濡れるのが嫌だから森からあまり出ないと本人から聞いたことがあった。実際、梅雨に入ってからこの数日、神宮内でも私の働く宿でも、豆ちゃんの姿を見ない日が続いていたというのに。

尋ねた私に、豆ちゃんは相変わらず足を忙しなく動かして答える。

「お宿にお邪魔したら、瀬織津姫様から、いつき様がそろそろ帰ってくる頃だと聞いて」

「迎えに来てくれたの？」

「はい。最初は裏口の方で待っていたのですが、今日はきっと宇治橋からだと教えてくれました」

だから、本当に宇治橋の方から入ってきたので驚いたと豆ちゃんは目を丸くした。

「わざわざありがとう」

「いえいえ！　でも、さすが瀬織津姫様ですね！　いつき様のこと、よくわかってて」

「ね。さすが母様。なんでもお見通しなのね」

神としての力か、母としての力か。

感服し、橋を渡り切り、緑豊かな広い参道に敷き詰められた玉砂利を踏み鳴らしながら、天照大御神の和魂を祭る正宮へと至る道を辿る。

息をゆっくりと吸い込むと、雨に濡れた草木の匂いと共に、凛とした清浄な空気が私の肺を満たした。

広々とした神苑を抜け、手水舎で身も心も清めた後、さらに奥へと進んでいくと、やがて左手に神楽殿と呼ばれる入母屋造の建物が見えてくる。

「ところで、いつき様。先ほどお宿で耳にしたんですけど、ミヅハの若旦那が、なにやら面妖（めんよう）な歌を」

豆ちゃんが、よく知った名前を出した時だ。

「いっちゃん」

前方から声がかかり、豆ちゃんに落としていた視線を上げる。

そこには、白い和傘を差し、おっとりとした笑みを浮かべて、私に小さく手を振るかわいらしい友人の姿があった。

「さくちゃん、お疲れ様」

白い小袖に朱色の袴。後ろでひとつに結った長い黒髪をやわらかく揺らしながら、さくちゃんがこちらへと歩み寄る。

さくちゃんは、子供の頃から伊勢神宮の舞女になるのが夢だったらしい。

その夢が叶（かな）った今、毎日生き生きと働いている。

「いっちゃんもお疲れ様。今日はお墓参りだったのよね？　お父さんとお母さんには会えた？」

「ううん」

ゆるりと頭を振ると、さくちゃんは顎に人差し指を添えて小首をかしげた。

「そう。おかしな話よね。神様やあやかしは視えるのに、幽霊は視えないなんて」

「そうだね。なんでだろ」

「今も、誰かあやかしさんがいるんでしょう？」

私の足元に視線を落としたさくちゃんの瞳には、小型犬ほどの大きさがある豆狸は視えていない。けれど、彼女も昔から普通の人よりも霊感があるらしく、気配は感じられるとのことだ。

「豆ちゃんがいるよ」

「ああ、豆狸の豆吉さんね！　いつか私も会いたいわ」

垂れ目がちな瞳を輝かせてあやかしとの対面を願う彼女に「怖くはないの？」と問いかけると、さくちゃんはフフッと小さく笑った。

「いっちゃんからよく話を聞いてるから、あまり怖いとは思わないわねぇ」

例えば、目の悪いひとつ目小僧が、これでは仕事にならないと眼鏡を欲しがり、伊勢市内の眼鏡屋を一緒にはしごした話。

例えば、寒がりな雪女のために使い捨てカイロを大量に購入して送ってあげた話。

そんな話を聞かされていたら、どちらかといえば湧くのは恐怖心より親近感だと微笑む彼女に、豆ちゃんは「機会があればいいですよ」と尻尾を振った。

「豆ちゃんが、機会があればばって」

「わぁ、嬉しい！」

あやかしたちは普段、人に姿を見せることはない。

必要があれば見せることもあるらしいが、昔と違い、技術が発展した今の世は、メディアやSNSですぐに拡散されてしまう。そうなるとおもしろがって探され追われる危険性があるため、滅多なことがない限り姿は見せないのだそうだ。

豆ちゃんのように、化ける能力を持ったあやかしや、力のある神様やあやかしならば、人の形をとり、人に紛れて生活している場合もあるけれど、彼らの存在を見分けられる人間はそうそういないだろう。

「あっ、忘れないうちにこれ」

本来の目的を思い出した私は、肩にかけた大きめのトートバッグからお土産を取り出してさくちゃんに手渡した。

お土産といっても両親が眠る墓地は同じ伊勢市内にある。ゆえに珍しいものでもなく、通りがかりの土産屋に寄ったら、さくちゃんの好物である『ブランカ』のシェル・レーヌというマドレーヌを見つけたから購入したのだ。

それと、同じものをもうひとつ、宿で働く甘いものが三度の飯より大好きな〝彼〟のためにも。

「わぁ、シェル・レーヌ！　ありがとう！　今日はご祈祷(きとう)が多かったから、これできっと疲れも取れるわ」

「よかった。お仕事の邪魔しちゃ悪いから、私はそろそろ行くね」

「ええ、また神様やあやかしさんたちのお話聞かせてね」

「うん。また近いうちに」

手を振り合って別れると、しっとりと濡れた玉砂利を蹴って、次の目的地へと足を向ける。

「宿に行くんですか？」

「そうよ。あ、豆ちゃんは御手洗場の方から入ってね。私は参拝者の目があるから、裏の宇治神社の方から渡るね」

御手洗場は五十鈴川のほとりにあり、宿へ行くには普通の人には見えない橋を渡る。姿の見えないあやかしであればいつ使っても問題ないが、人間である自分はそうはいかない。

人が川に消えたなどと騒ぎにならぬよう、一度内宮から出て、人目の少ない森から宿に入ろうと考えた。

すると豆ちゃんが、「いつき様！」と私を呼んで軽やかに跳ねる。

「よかったら、僕の力で隠しますよ？」

僕の力とは、豆ちゃんの人を化かす能力のことだ。本来は、豆ちゃん自身が様々なものに化けるのだが……。

「そんなこともできるの？」

「いつき様の役に立てればと、こっそり修行していました！」

照れたように前足で頭をかいたその姿に、胸がキュンと締めつけられる。

なんてけなげなのだろう。

私のために努力を重ねていてくれたことを知ったら、今後もたくさんかわいがりたくなるというもの。むしろ今すぐ抱き上げて、力いっぱいハグしたいくらいだ。

今ここでしたら、参拝者の方々から完全に頭のおかしい人扱いされるだろうけれど。

いや、それだけなら多少は慣れているからまだいい。うっかり危険人物とみなされ、通報されたらやっかいだ。

思い出すのは数年前のこと。とある一軒家の庭に生える背の高い木に、運悪く絡まってしまった白い布のあやかし〝一反木綿〟を見つけた。

彼を助け出そうと塀によじ上り手を伸ばしていたら、家主に不法侵入者と勘違いされ、通報された経験がある。

正直に、『一反木綿が絡まってしまって』と説明するも理解してもらえるはずはなく。当時はまだ中学生だったこともあり、厳重注意で終わったのだが、あと三カ月ほどで二十歳を迎える今、同じ過ちは繰り返したくはない。

ぶつぶつと独り言の多い人、というレベルにとどめておくのが無難だ。

ハグをするのは宿に着いてからにしよう。

「ありがとう豆ちゃん、後でお礼させてね」

「お礼なんて！　でも、もしいただけるなら、〝み◯りのたぬき〟が食べたいです！」

『出た、共食い！』という突っ込みは、すんでのところで呑み込んだ。

豆狸の好物が〝み◯りのたぬき〟だなんて、誰が想像できるだろうか。厳密には揚げ玉のことといえど、響きだけでもシュールすぎる。

「わかった。今度プレゼントさせてもらうね」

「ありがとうございます！　では、いつき様、こちらへ」

豆ちゃんは人の目からうまく隠れられる大木に私を案内すると、どこからか青々とした葉っぱを一枚取り出して私に差し出した。

「それを頭にのせてください」

どうやら、豆ちゃんが化ける際にやるように、私も真似る必要があるらしい。

「こう？」

傘の下で、落ちないように葉を頭にのせると、豆ちゃんは「お上手です！」と拍手と共に褒めてくれた。

モフモフの狸が小さな手をパチパチと叩いている様に癒されていれば、豆ちゃんは「いざ！　ドロン！」と声をあげる。

一見、ふざけているようなかけ声なのだが、豆ちゃんはいつもこの『ドロン』を呪文としているのだ。

なぜドロンなのか。以前それを尋ねたところ『なんとなくです』と答えられた。

肝心なのは、かけ声の際に発生させる気合と妖気らしい。

爆発させるように妖気を放出し、素早く纏うとのことなのだが、人間である私には難しい感覚であり、理解できなかった……のだけど。

「わっ」

今、少しだけ纏うという感覚が理解できた気がした。目に見えないなにかが、全身に張りついた感触がしたのだ。

「え、私もう隠れられてるの？」

「さあ、いいですよ」

「はい。人からは見えませんし、声も聞こえませんよ」

見えないとは言われたものの、私からは自分の体が見えている。

本当に見えていないのかを確かめてみようと木陰から出て、試しに昨夜テレビで見たお笑い芸人の珍妙な動きを真似してみた。

万が一見えていたら恥ずかしいので、遠慮がちに。

が、豆ちゃん以外、誰も私に冷たい視線を向けたりしなかった。

それどころか、若い女性がまっすぐにこちらへと突っ込んできて、あわやぶつかりそうになり慌てて避ける。

怖いお兄さんなら、どこ見て歩いとんのじゃワレェなどと巻き舌気味に言いそうな勢いで、誰もが私を避けようともせずに突き進んでくるのだ。

「すごいね、豆ちゃん！」

「ありがとうございます！」

ここまで完璧に姿を消せるなんて、これは人に悪戯するあやかしの気持ちが少しわかるかも……なんて邪な考えがよぎった直後、豆ちゃんが「さぁ、術が解けないうちに」と御手洗場へ駆けた。どうやら術の効果は長くないようだ。

私は小走りで豆ちゃんの後を追う。

雨天のせいか常より若干参拝者の少ない御手洗場に着くと、五十鈴川で手を洗い清める人々の少し後ろに立った。その直後。

——シャンと、いくつもの小さな鈴を綴る神楽鈴に似た音が辺りに響き、川縁にぼんやりと橋のたもとが現れた。

曇天の下にあってもよく映える朱色の橋が、みるみるうちに奥へと伸びる。

先ほどまでなにもなかった川の上を、まるで虹が架かったかのように。

「さ、渡りましょう」

豆ちゃんが四本の足をスタスタと動かして、趣のある橋を渡り始めた。

人である私は普段こちらから出入りすることはほとんどないので、少し高揚しつつ踏み入ると、橋が結ぶ先に目指す宿が見える。

神社仏閣を彷彿とさせる美しい入母屋屋根をかぶり、やわらかな灯りを灯すレトロな二階建ての木造建築。

風格ある佇まいの玄関口に立つ大きな木製の看板には【天のいわ屋】の文字。

その名の由来は、この宿の創設者が遥か昔に籠ったといわれる岩でできた洞窟、天岩屋戸からだと本人から聞いている。

そう、本人だ。創設者であり、遥か昔に天岩屋戸に籠った者であり、伊勢神宮に鎮座する偉大な神、天照大御神から。

天照様が作りしこの宿は、人の世にありて、人の立ち入れぬ宿。

神、あやかしのみが利用できる宿なのだ。

そんな世にも珍しい宿に、人である私は住み込みで働いている。

これには特別な事情があるのだが、そのきっかけをくれたのが……。

「あっ、いつき様、若旦那ですよ！」

宿の入り口、天照様の神紋である花菱紋が大きく描かれた暖簾を背に、雨空を見上げる一柱の男神、天のいわ屋にて若旦那を務めるミヅハだ。

ミヅハは五十鈴川の水神で、正式な神名を、水波能売命（みづはのめのみこと）という。人の年齢でいうと、外見は二十代半ばほど。

橋を渡り終え、綺麗に敷かれた石畳を進み、差している傘を少し後ろに傾けた。

「ミヅハ」

声をかけると、ミヅハはゆったりとした動作で振り返り、穏やかに流れる川底にも似た瑠璃（るり）色の瞳に私を映す。

袖元に美しい模様があしらわれた白い羽織と、鮮やかな藍色の着物。襟足の長い青みがかった黒髪が、湿気を含んだしっとりと重い風に揺れる。

端整で、どこか儚（はかな）さが漂う美しい面差しは、十四年前、まだ子供だった彼と出会った頃からあまり変わらない。

「……おかえり」

「ただいま。なにか悩み事？」

雨をもたらす鈍色の空を眺めていた姿が気にかかって問うと、ミヅハは「別に」とそっけなく答えた。

ミヅハが私に対し、どことなく冷たい態度をとるのはいつものことで慣れっこではあるのだが、足元にいる豆ちゃんが、私たちのやり取りを心配そうにうかがっていることに気づく。

天のいわ屋の常連である豆ちゃんに気を遣わせてはならないので、私は笑みを作ると「あれ？」と首をかしげ、鞄(かばん)の中に手を入れた。

「そんな言い方しちゃうなら、これ、私が全部食べちゃおうかな？」

声にしながら取り出した四角い箱に、ミヅハの目の色が変わる。

甘いものに目がない彼には、それがブランカのシェル・レーヌであるとわかったのだろう。

あこや貝の形が特徴のシェル・レーヌは、中はふわふわ、外はサクッとした食感で、口に含むとバターの香りが広がり上品な味だ。肉厚で食べ応えもあり、以前ミヅハがドハマりしていたのを知っている。

「ミヅハが喜ぶかなと思って買ってきたんだけど、別に、なんて冷たく言わ……」

「こし餡(あん)とつぶ餡、どちらのおはぎから食べるか悩んでいた」

私の声にかぶせ、若干早口に明かしたミヅハの瞳は真剣だ。

「まさかの甘味」

ミヅハが筋金入りの甘いもの好きなのは、私が四歳の時、彼と出会った頃からなので理解してはいる。

私がポシェットから取り出すお菓子を、まだ十歳前後くらいの姿だったミヅハが喜んで食べてくれていたのはいい思い出だ。

しかし、どこか愁い(うれ)を帯びた表情で空を見上げながら考えていた内容としては予想外すぎて、思わず突っ込みを入れてしまった。豆ちゃんも小さな声で「えぇ～」と、そんなことかと言わんばかりの声を漏らしている。

そもそも、ミヅハがなにを悩んでいるのかを無理に聞き出したかったわけではなく、私への態度について言及したつもりだった。

それだけお菓子のために必死だったのだろうと苦笑する私に、ミヅハがマドレーヌを早く寄こせと催促するように手を伸ばし……たのだが、彼はなぜか引っ込めてしまう。

「ミヅハ？」

どうしたのだろうかと疑問に思った刹那、ミヅハの口がゆっくりと開いた。

「……本当は、もうひとつ考えていた」

「もうひとつ？」

「あの日も、雨だったな、と……」

再び空に視線を移したミヅハが吐露(とろ)したのは、過ぎ去りし、いつかの話だ。

今日という日に思い当たる〝あの日〟といえば。

「十四年前の、今日？」

ミヅハが思い返す雨の日について尋ねると、彼は「ああ」とひとつ頷(うなず)いた。

——十四年前の今日、当時まだ五歳だった私は交通事故に遭った。

両親に連れられて、買い物に行く途中だったと思う。

前日から雨が降り続く中、父がハンドルを握る車が、山沿いの比較的緩やかなカーブに差しかかった時のことだ。

反対車線を走行する大型トラックが黒いモヤに覆われているのに気付いた私が、恐怖に目を見張った直後、トラックが不自然なまでにセンターラインを越え、私たち家族の車に突っ込んできた。

パニックを起こし叫ぶ母の声が聞こえる中、父はとっさにハンドルを切ったが間に合わず、衝突。

車は崖へと強く押し出され、川に転落した。

ここからは、私自身のおぼろげな記憶と、天のいわ屋の女将(おかみ)を務める瀬織津姫から聞いた話になるが、両親は即死、私の意識はかろうじてあったものの、血を流しぐったりとした状態で川岸に横たわっていたらしい。

最初に私を見つけてくれたのはミヅハだった。

物心ついた時にはすでに人には視えないものが視えていた私は、ミヅハとは以前から顔見知りだった。どこか浮世離れした美しさを持つ彼が、神やあやかしの類だと知りつつ五十鈴川の川縁で何度か遊んでいたのだ。

その際、瀬織津姫が共にいたこともあり、彼女もまた人ではないことは感覚でわかっていた。

優しい友神であるミヅハと、私たちが遊ぶ姿を大らかに見守ってくれていた、罪や穢れの祓いを司る瀬織津姫。

二柱の神と交流があったことが、私にとって幸運だった。

じきに命の灯が潰えようとしている私を見つけたミヅハが、悲痛な声で『助けてあげて』と瀬織津姫に訴えてくれたのだ。

その時の会話は、少し曖昧ではあるものの不思議と今でも記憶に残っている。

『お願いだ。やっと会えたんだ……いつきを助けてあげられる方法があれば教えてよ！』

『斎王の……の少女、か……』

『いつき……いつき……今度こそ、助けてやるから』

『そうだね。ここでいつきを助けなきゃ、……がハッピーエンドを願ってあんたに二代目を任せた意味もなくなる』

瀬織津姫は瞳に強い意志を宿し、朦朧とする私を抱きかかえた。

『ミヅハ、あんたはなにもしなくていい。あたしがいつきを助けてやるよ』

必ず助けるから、待ってな。

その声が聞こえてから後の記憶は私にはない。

けれど、次に意識を取り戻した時、私は天のいわ屋の一室にいた。

少し重みのある温かな掛け布団の下で、見知らぬ天井をぼんやりと眺める私に気付いたミヅハが、震える声で『よかった』と言うと、ボロボロと大粒の涙をこぼした。

そして、しゃくりあげながら、瀬織津姫が私の命を救ってくれたのだと教えてくれたのだ。

両親を失い、身寄りをなくした私は、以来、瀬織津姫が母親代わりとなり今日まで育て上げてくれた。

時に厳しく、時に優しく、時に豪快に。

天のいわ屋で働く従業員たちや訪れる宿泊客たちに見守られ、私を助けてほしいと懇願してくれたミヅハと共に、人の時間の中で人として成長しながら。

「ミヅハ、あの時はありがとう」

マドレーヌをようやく受け取ったミヅハは緩く頭を振った。

「礼なら瀬織津姫に。俺は見つけただけだ」

「それだけじゃなく、母様に頼んでくれたでしょう？　なにより、ミヅハと出会えたから、私は今ここにいる。きっかけをあなたがくれたの。だから、ありがとう」

伝えると、ミヅハはまた「別に」とそっけなく口にした。けれど、今度はその眦が少しだけ優しさを纏い下がっているのに気づき、私の目元も自然と緩む。

昔はもっと優しい声で『いつき』と呼んで、よく笑顔を見せてくれていたミヅハ。いつの頃からか、どことなく距離を置くようになって、そっけない素振りを見せることが多くなった。

そんな彼の変化を時々寂しく思うこともあるけれど、本来の優しさを知っているのであまり気にせずに接している。ミヅハは神様だけど、母様と同じく命の恩人であり、一緒に成長してきた幼馴染のような大切な存在だから。

黙って様子を見守っていた豆ちゃんが、私を見上げて「十四年前に、なにかあったんですか？」と首をかしげた。

「十四年前の今日は、私がこのお宿に初めて来た日なの」

私が事故に遭ったことは、当時から天のいわ屋で働く従業員しか知らない。

特別隠しているわけでもないけれど、豆ちゃんはお宿に癒されに来たお客様だ。辛気臭い話はせずに答えると、「そうなんですね！」と瞳を輝かせた豆ちゃんは、目出度いとばかりに肉球でむちっとした手を叩く。

彼の愛らしい仕草にキュンとして微笑むと、私は傘をたたんでミヅハの立つ屋根下に入った。

「さ、豆ちゃん、中へどうぞ。私も母様に挨拶に行くわ」

今日は墓参りとあって一日休みをもらっている。

本来なら、宿の裏手に建つ従業員寮を兼ねた離れ座敷に戻るところだけれど、宿内で働く母様に帰ったことだけ伝えに行こうと格子扉に手をかけたのだが。

「あ……れ？」

中途半端に扉を横に引いたところで、軽い眩暈に景色が歪み、体の内側から闇が浸食するかのように目の前が暗くなった。

意識まで遠のいていく感覚が私を襲い、足元から崩れ落ちてしまう。

「いつき！」

ひどく慌てるミヅハの声が、窓の向こう側で発したかの如く籠って聞こえ、さらに奥の方で豆ちゃんが私の名前を連呼しているような気がした。

次第に音は消えて、膝をついているという体の感覚さえ薄れていく中、ミヅハの少しひんやりとした大きな手が私の肩を抱いた。

その瞬間、脳裏によぎる映像。

濃紺の夜空に輝く月を背に立ち、私へと手を差し伸べる彼。

……そう、〝彼〟だ。

逆光で顔はよく見えないけれど、私は〝彼〟をよく知っている。

……私？　私が知っている？

違う、私じゃない。私だけれど、彼のことをよく知っているのは……。

『――』

優しい声が、愛しい彼が、野々宮いつきではない〝私〟の名を呼んだ気がした。

そうだ。〝私〟の名は――。

「いつき！」

強い呼び声と共に、世界が一気に光であふれる。

夢の中から目覚めるように、私の意識は現実へと浮上した。

「……ミヅ、ハ……？」

心配そうに眉を寄せ、私を見下ろし様子をうかがうミヅハの姿に、彼の名をぼんやりと紡ぐ。

どうやら私は、床に膝をついた彼の腕に抱きかかえられているようだ。

だらりと伸びた右手を動かすと、その感覚が自分のものであることを確認する。

大丈夫、これは私、野々宮いつきだと。

「いつき様、大丈夫ですか……？」

顔のすぐ横から覗き込む豆ちゃんに、私は小さく頷いてみせる。

「うん……大丈夫。ごめんね、心配かけて」

体に痛みはなく、息苦しさも感じられない。

だるさは少しあるけれど、貧血だとしたらよくある症状だろう。

「体調が悪かったのか？」

「ううん……特には。急に意識が遠のいて……多分、貧血かな」

答えながらも、しかし自分に今まで貧血を疑う症状が出ていただろうかと思案する。

それだけではない。

意識が沈んでいたと思われる間に見たのは夢の類だったのか。

こちらに手を差し伸べていた男性は誰だったのか。

その手の先にいたのは、私だったのか、別の人物だったのか。

すべてが曖昧で、けれど、ただの夢や幻だと片づけることのできない奇妙さが胸に残っている。

「少彦名殿を呼ぶか？」

ミヅハが医薬の神の名を口にしたけれど、私は小さく首を横に振った。

きっと気付かないうちに疲れが溜まっていただけだろう。

ゆっくりと湯に浸かって部屋で休めば問題ないと考え、支えられている体を起こそうとした時だ。

「大変だ大変だ！」

ランプの灯りが淡く揺れる落ち着いた雰囲気のロビーを、慌ただしく走る従業員の姿が目に入った。

肩までロールアップした作務衣(さむえ)の袖。ウルフカットの小豆色の髪をオールバックにし、頭にバンダナを巻いた彼は、よほどのことがあったのか、こちらには気付いていない。

「干汰(かんた)、なにがあった」

ミヅハの声に、廊下へ向かおうとしていた彼は足を止めて振り返る。

「それが、女将が……って、姫さんまでどうした⁉」

普段はどこか甘やかさを漂わせたくっきり二重の目が、驚きに染まり見開かれた。

彼は干汰という名で、河童(かっぱ)のあやかしだ。

私は小さな頃からカンちゃんと呼ばせてもらっている。

宿での担当は湯守(ゆもり)。

以前、天照様から聞いた話によると、天のいわ屋が創設された頃よりずっと、母様と共に宿を盛り立ててきたひとりらしい。

外見年齢はミヅハと同じくらいで二十代半ばほど。宿の従業員の中でも明るく気さくな性格で、私のことを昔から〝姫さん〟と呼んでいる。

「若旦那！　まさか姫さんも倒れたのか⁉」

方向転換し、私たちのもとへと駆け寄ったカンちゃんの言葉に、ミヅハが「いつき〝も〟とはどういうことだ？」と眉根を寄せた。

「それが、今しがた、女将も倒れたんだ」

「母様が!?」

いつだってエネルギッシュで堂々としている母様が倒れたと聞いて、私は急ぎ体を起こす。一瞬、眩暈が襲ったけれど、かまわずに「母様はどこに？　意識は？　なにがあったの？」と、片膝をつくカンちゃんに矢継ぎ早に問いかけた。

「いや、オレも状況よくわかんないんだけど、オレが見た時は意識はあった。今、大角(だいかく)が離れ座敷に連れていってるよ」

大角とは、宿の掃除や消耗品の補充、布団の上げ下げなど、多岐(たき)にわたる内務を担当する大猫のあやかしだ。

体は大きいけれど心優しく、力仕事では皆から頼りにされている。

「急いで母様のところに行かなくちゃ」

「でも姫さんだって具合悪いんじゃ……」

「そうですよ！　まだ動くと危ないかもしれませんし」

カンちゃんと豆ちゃんの心配そうな眼差しを受け、申し訳なく思いながら私は「もう大丈夫だから」と笑みを浮かべた。

するとミヅハが「千汰」と落ち着いた声で指示を出す。

「豆吉に温かいお茶を出してやってくれ。雨で少し濡れてしまっているようだからタオルの用意も頼む」

「わ、わかった」

「豆吉、いつきのことは俺が見ておくから、心配せずに部屋で寛いでくれ」

「は、はい。いつき様、どうぞ無理はしないでくださいね」

「うん。ありがとう」

ひとりと一匹が、赤い絨毯(じゅうたん)が敷かれた廊下を進んでいくのを見送ると、私はまだ少しふらつきながらも、どうにかバランスを保ちつつ立ち上がった。

その様子を見たミヅハは、「そんなんじゃ転ぶぞ」と口にし、スマートな動作で私の背に腕を回す。

すると次の瞬間、ふわりと足が地面から離れ、私は目を瞬かせた。

「えっ……？」

一瞬、状況が呑み込めずにいたが、どうやら私はミヅハに横抱きにされているらしい。俗にいうお姫様抱っこという体勢だ。

先ほど介抱されていた時のように、端整な顔がぐんと近くなった。

意識が回復したばかりの時はぼんやりとしていて気にしていなかった距離感に、今さらながら羞恥心が湧き上がる。

「ミ、ミヅハ？　大丈夫だよ。私、歩けるから」

「倒れたばかりだろう。無理はするな」

「でもほら、重いし」

「……そうだな。だがまあ問題ない」

「そこは嘘でも重くないって言うところだよ。乙女心がわかってないなぁ」

デリカシーのなさを咎めるべく目を細めると、ミヅハは驚いたように瞠目し、私を食い入るように見つめる。

なぜそんなにも驚嘆しているのか。

まさか『そうだったのか』と新しい知識に衝撃を受けている？

はたまた『俺に嘘をつかせる気か』と、私の神経を疑っている？

しかし、どうやらそのどちらでもなかったようだ。ミヅハは瑠璃色の瞳を戸惑うように揺らめかせ、遠慮がちに薄く形のいい唇を動かす。

「ち、かせ……の？」

「……え？」

わずかに掠れたミヅハが紡いだ言葉が、なにを示したものなのか私にはわからない。

わからないけれど……ただ、胸に灯るものがひとつ。

――懐かしい。無性にそう感じていた。

彼が口にした〝ちかせ〟という響きが、とても懐かしいような、それでいてなんだか泣きたくなるような、切なくて不思議な感覚。

「ミヅハ……？」

いつの間にか足を止めていたミヅハは、私が首をかしげると白昼夢から覚めたように我に返った。

「すまない……忘れてくれ。瀬織津姫のところに急ごう」

「う、うん」

なにを忘れろというのか。

デリカシーの話か、それとも〝ちかせ〟という言葉についてなのか。

聞きたいけれど、そっと見上げたミヅハの顔がもう触れてくれるなと拒絶しているように見えて、私は黙って従業員の住居となっている数奇屋造りの離れ座敷へと連れていってもらった。

玉砂利が敷かれた庭を横目に廊下を進み、一番奥の部屋の前で下ろしてもらうと、格子模様の引き戸を少し乱暴にノックする。

「母様！　大丈夫!?」

返事を待たずに戸を開けると、十五畳ほどの広い和室に駆け込むようにして入った。

母様が好んで使う、落ち着いた白檀の香りが鼻をくすぐる。

中央に置かれた座卓の奥、敷かれた布団に横たわる母様が見えた。

その横で正座する大角さんが、ゆっくりと頭を下げる。ライオンのたてがみにも似たボリュームたっぷりのこげ茶色の髪からは、猫耳がピンと出ている。

「まったく、騒々しいね」

母様は明るい声で小さく笑いながら上体を起こした。

後ろでひとつにまとめ、高い位置に結んだ艶のある長い黒髪が肩から落ちる。

ややつり目がちの力強い翡翠色の瞳は、私の姿を捉えると「おかえり、いつき」と優し気に細められた。

「ただいま、母様……って、挨拶よりも体調よ！」

「干汰から倒れたと聞いた」

「母様、大丈夫なの？」

ミヅハが畳の上に座り、私もその隣に続くと母様は両腕を開いて「この通り、平気だよ」と大事ないことをアピールする。

「大角、なにがあった？」

思ったよりも元気そうに振る舞う母様から、静かに様子を見守る大角さんへと視線を移すミヅハ。

「仲居の朝霧と俺の三人で宿内を清掃中、突然女将が倒れました」

「少彦名殿は呼んだか？」

「必要ないと女将が」

「もう、母様。ちゃんと診てもらわないと」

自分のことを棚に上げている自覚はある。しかし、〝人〟である私が貧血で倒れるのと、〝神〟である母様が倒れるのはわけが違うのだ。

神々は人のように病気で倒れたりはしない。倒れることがあるとすれば、怪我が悪化した場合と、穢れを受けて気が乱れた場合だと、幼い頃に母様から聞いている。

神、あやかしの中では当たり前の知識で、だからこそカンちゃんも『大変だ』と慌てふためいたのだ。

今日まで特に怪我をしていた様子はなかった。ならば穢れを受けたのでは、と。

母様は、心配する私たちの眼差しを受け、一笑する。

「そんな心配しなさんな。怪我も穢れもないよ。原因がなんであるかは自分でわかってる。だから診てもらう必要はないんだよ」

きっぱりと言って、母様は大角さんに「わざわざ運んでもらって悪かったね。ありがとう」と感謝を口にした。

「いえ。では、俺は仕事に戻ります」

大角さんは落ち着きのある低い声で言うと、母様に一礼してから立ち上がる。

「大角さん、ありがとう」

「いや……またなにか手伝えることがあれば呼んでくれ」

長い尻尾をゆっくりと揺らし、そっと笑みを浮かべた大角さんは、私とミヅハにもお辞儀をして、静かに引き戸を閉めた。

大角さんの大きな体を受け止める床の軋(きし)む音が聞こえなくなると、私は手で体を支えながら膝で歩いて母様に詰め寄る。

「原因はなに？」

「大したことじゃないから、気にしなくていい」

微笑む母様に、ミヅハは眉をわずかにひそめた。

「だが、ほぼ同じ頃、いつきも倒れた」

「……そうか」

ミヅハの言葉に、母様は驚かなかった。

まるで、知っていたかのような落ち着きっぷりを疑問に思っていると、母様は「ハハッ」と声に出して笑う。

「親子ってのはここまで似るのかねぇ」

「そんなわけないだろう」

冷静に突っ込むミヅハにまた母様は笑って、私に手を伸ばすと愛しむように頬を撫でた。

「もう大丈夫なのかい？」

「今はもう、特には」

だるさやふらつきは、母様の部屋に入るあたりから大分和らいでいた。

やはり貧血かなにかだったのだろう。意識が遠のいている間に見えたものは少し気になるけれど、それもただの夢だと思えば納得がいく。

「ならよかった。ご両親の墓参りも無事に終わったかい？」

「あいにくの雨だったけど、しっかり手を合わせてきたわ」

人気のない、雨音だけが聞こえる広い墓地。

濡れて色濃く輝く墓石には、寄り添うように刻まれた両親の名前。

生前、この時期になると、母がリビングの花瓶に生けていた紫陽花を今年もお供えしてきた。

「ご両親も喜んでるだろうね」

「だといいな」

毎年、墓前で報告する内容が、神様やあやかしの話題ばかりなのをどう思っているのか。

娘が〝視える〟体質なのは知っていたと記憶しているけれど、さすがに神様が自分たちの代わりに親となってくれているなど、驚いているに違いない。

いや、十四年目ともなれば、もうとっくに慣れてケラケラと笑っている可能性もある。

なにせ、私の覚えている両親の姿は、いつも笑顔だったから。

そして、母親の代わりを務めてくれている瀬織津姫もまた、豪快な笑顔が魅力的な女神だ。

大きく口を開けて、思い切り笑う。そんなパワーに満ちあふれた母様が倒れたなんて、やはり相当な理由がある気がしてならない。

大したことじゃないという言葉を鵜呑みにしていいのかと不安に駆られていると、母様は「ああ、そうだ！」と突然両手を叩いた。

「ふたりそろってるならちょうどいい。あんたたちに頼みがある」

「俺といつきに？」

「ああ」

笑みを湛えて頷いた母様の頼みとは一体なにか。

私とミヅハは顔を一度見合わせてから視線を母様に戻す。

「母様の頼みって？」

宿のことだろうか。

たまに神様やあやかしに届け物を頼まれることがあるので、もしやそれではと半ば予想している中、母様はにこやかな笑みを浮かべたまま言った。

「今月、もしくは来月中に、ちょいとばかし婚姻を結んでほしいのさ」

「……ん？」

一瞬、母様が発した言葉の意味がわからず、首をかしげ自分の中で整理を試みる。

今月か、来月中に、婚姻を、結ぶ。

婚姻を結ぶというのは結婚するということで間違いないだろう。

「え？　誰と誰が？」

「だから、あんたたちふたりが」

母様の答えに、私の脳はついに処理しきれなくなった。

いつもは感情をあまり表に出さないミヅハも、さすがに目を丸くしている。

「私たちが、ちょいとばかり婚姻を結ぶってなに」

ちょっとそこまでふたりで買い物に行ってきてくれ、みたいなノリで結ぶ婚姻なんてあるのか。

あまりにも突然の頼み事に状況がうまく呑み込めない私の横で、黙っていたミヅハが口を開く。

「なぜ、俺といつきなんだ」

「それは、あんたならわかるはずだよ、ミヅハ」

母様の強い眼差しを受けたミヅハは、視線を両の手を置く自分の膝に落とし、しばしの黙考の後、顔を上げた。

「あの時の言葉に繋（つな）がるのか？」

思い当たる節があったようで、母様をまっすぐに見つめる。

「ああ、そうだよ」

「そう、か……」

「な、なんのこと？」

なにやらふたりの間で通じるものがあるようだが、私にはまったくわからない。

完璧に置いてけぼりをくらっている状態だ。

ミヅハにはわかる〝あの時の言葉〟とはなんなのか。

わからないのなら尋ねるのが一番。

私は姿勢を正すと、母様とミヅハへ交互に視線を送る。

「お願いだから、私にもわかるように説明してほしいんだけど」

私の真剣な眼差しに、母様は表情を硬く厳しいものに変え……。

「あいたたたたたたた！」

突然、腹部を押さえながらうずくまった。

「か、母様⁉　大丈夫⁉」

長い髪がだらりと布団に垂れる。慌てて母様の背をさすり、やはり少彦名様を呼ぶべきではとミヅハに相談しようとした時だ。

「うぅ……これは早く……孫の顔を拝まないと……死んでも死にきれないよぉぉ……」

到底、痛みに苦しんでいるとは思えない、棒読み気味の懇願が聞こえ、私は眉根を寄せた。

「……母様、怒るわよ」

「あらら、演技だってバレバレかい？」

「大根役者も大笑いするレベルでね」

もうっ！と母様の背中を軽く叩くと、ミヅハも呆れたのか小さく息を吐く。

母様は「悪かったね」と大して悪びれもせず口にしながら、体勢を直して話を再開させた。

「とにかく、婚姻は結んでもらう」

頼みがあると言っていたのはどうやら建前だったようで、ついに決定事項として言い渡される。

「突然どうして？」

昨日まで、そんな話は出たことはなかった。酔うとんでもない無茶振りをすることもある母様だが、酒の席でも結婚の話など微塵も出されたことはない。

困惑して眉を下げてしまった私に、母様は愛情をたっぷりと込めた瞳を細める。

「あたしはね、あんたたちふたりで幸せになってほしいんだよ」

ふたりに、ではなく、ふたりで。

私とミヅハが結婚することを母様は望んでいるのだ。

「どうして、私とミヅハなの？」

「それは、あたしから話すことじゃない」

母様の視線がチラリとミヅハを捉える。

けれどミヅハは黙したまま、そっと母様から視線を逸らした。

その様子に、母様は苦笑し肩をすくめると、再び私に微笑みかける。

「大丈夫。いつか、いつきにも全部わかる時がくる。きっとね」

そんな日が本当にくるのだろうか。いっそ今ここで全部話してくれた方がとてもありがたいのだが、母様もミヅハもきっと簡単には教えてくれないだろう。

話す気があれば、今この時、口にしているはずだ。

けれど、やはり突然すぎて頷くことはできず、私は母様に「少しだけ、時間をください」と願い、部屋から下がった。

【二章】たとえば嫁入りした場合

「結婚……結婚かぁ……」

上品な桃色に染められた単衣着物の裾をうまくさばきつつ廊下を歩いていた私は、仕事中だというのについ独り言ちてしまう。

けれど、今日ばかりは許してほしい。

なにせ、親子そろって倒れたことに加え、五十鈴川の二代目水神であるミヅハとの婚姻を言い渡されてからまだひと晩だ。

母様の部屋から退出後、ミヅハはなにも聞くなというオーラを放ち、仕事へと戻っていった。

私を介抱し、運んでくれたことのお礼を伝えたかったのだけれど、仕事とあっては無理に後を追うことも憚られ……。

それから、あまり眠れないまま夜が明けてしまい、ミヅハと再び顔を合わせたのは今朝のこと。

着慣れた仕事着を纏い、肩より少し長い髪を後ろでまとめ、支度を済ませた私が、朝食の準備を手伝うために宿の一階にある調理場へ向かっていた時だ。

『体調はもういいのか？』

背後から声をかけられて振り返ると、ミヅハがわずかに首をかしげ立っていた。

『おはよう、ミヅハ。体はもう平気よ。それよりも昨日の』

『平気ならいい。無理はするなよ』

お礼が言いたかったのだが、彼は多分、伏せておきたい内容について尋ねられると予想したのだろう。私の言葉を遮るように素っ気ない声をかぶせ、着物の袖を翻し、さっさと立ち去ってしまった。

その時、私は思ったのだ。

昔のミヅハならともかく、ここ数年のミヅハは冷たい。

いや、正確には、優しいところもあるが、なぜか私にはそっけない。

声色に刺はないので嫌われていないことはわかるし、普段あまり気にはしていないのだけれど、それは幼馴染としての話。

結婚となればうまくいく気がまったくしない。

「実は初恋、だったんだけどなぁ……」

それももう昔の話だが、私はミヅハの笑顔がとても好きだった。

お菓子をあげると綺麗な顔に、それはもう満面の笑みを浮かべるものだから、これもどうぞ、どんどん食べてと様々なお菓子を渡していた記憶がある。

「また、笑ってくれないかな……」

微笑んでくれることはたまにあるけれど、そうではなく。

昔のように、なんでもないことで大きな口を開けて笑い合いたいのだ。

夫婦になるというなら、なおさらにそんな関係でありたい。

「って、いつのまにか思考が結婚受け入れモードになってるじゃない私！」

まったく知らない相手ではなかっただけマシではあるが、もう一度母様と話をしてみた方がいいのかもしれない。

はぁ、と溜め息をついたところで、廊下の角から仲居の朝霧さんが現れた。

「あら、溜め息なんてついて、悩み事？」

すれ違えば誰もが振り返るであろう美しい顔を持つ彼女は、絡新婦（じょろうぐも）というあやかしだ。

絡新婦は日本各地に様々な伝承を持っている。年老いた蜘蛛（くも）が人に化けているケースもあれば、不幸に見舞われた女性があやかしに身を落としたケースなどなど。

朝霧さんから聞いた話では、ほとんどの絡新婦が、男絡みで色々と苦労してきているらしい。色っぽく眉を下げて語ってくれた朝霧さんも、実は慕っていた男性からひどいめにあわされ、恨みを抱えたまま死んでしまった元人間だ。

『あんなクソ男のせいでおっ死（ち）ぬなんて、死んでも死にきれなくてさぁ。で、運よくあやかしにトランスフォームできたもんだから、嬉々（きき）として恨みを晴らしに行ったの。そうしたらね？　殺すのもバカバカしいほどにクソ男っぷりが増してて、もうただ殺すだけじゃ足りないから、一生残るトラウマ級の脅かし方してさよならしてやったわ』

きっと死ぬ寸前まで怯えてうなされ続けたでしょうね、と笑った朝霧さんは、残酷なまでに美しく、けれどどこか寂しそうにも見えたのを覚えている。

話を聞いた当時、私がまだ小学校高学年だったこともあってか、その男性が朝霧さんにどんな仕打ちをしたのかは聞かされなかった。けれど、その男性を恨むようになって以降、朝霧さんは男に嫌悪感を抱くようになったらしい。

天のいわ屋に訪れる男性客が朝霧さんにセクハラを働こうものなら、気のある素振りを見せ、かどわかし、痛い目に合わせることもしばしばある。

これに関して母様は『うちは遊郭じゃないからね』と、朝霧さんの肩を持ち、咎めたことはない。

「朝霧さん、お疲れ様です」

「ふふ、お疲れ様。あたしのかわいいいつきちゃんを悩ませるなんて、よほどの伊達男なのねぇ」

「えっ、どうして男絡みの悩みってわかったんですかっ？」

「やだ、本当に男のことで悩んでるの？　どこの馬の骨か知らないけど、あたしの目が黒いうちは、いつきちゃんはくれてやらないからね」

眉を険しく寄せ、泣きボクロの上の双眸にはメラメラ揺れる炎が見えるようだ。

朝霧さんは私が母様のもとに来てすぐ天のいわ屋で働くようになった。

それからずっとかわいがってくれていて、元人間というのもあり、人の世での困り事はよく彼女に相談していた。

私にとって朝霧さんは、年の離れた姉のような存在だ。

だから、今回の母様の無茶振りについても相談したいところなのだが、今下手に『相手はミヅハです』などと言ったら、水神VS絡新婦の戦いが始まってしまいそうなのでやめておく。

「いい？　男を簡単に信じてはダメよ？　悪質な妖邪（ようじゃ）や邪神（じゃしん）よりも心根が腐ってる奴もいるんだからね」

「き、気をつけます」

妖邪、邪神とは、害を及ぼす邪悪な神やあやかしのことを指す。

母様の話によると、私が事故に遭った時に見た黒いモヤのようなものも、邪神か妖邪だった可能性が高いとのことだ。

実際、現世（うつしよ）での不可解な事件や事故は妖邪か邪神のどちらかが関わっていることが多いという。未解決の神隠しも、そのほとんどが彼らの仕業だと聞いた。

それらを解決するため、陰陽師（おんみょうじ）と呼ばれる退魔のエキスパートたちが所属する『司天寮（してんりょう）』という名の国家機関があるのだが、現世では限られた者しか知らない極秘機関となっている。

ちなみに、黒いモヤの正体は、当時、司天寮も調べてくれたのだが、今日まで解明されていないままだ。

「いけない。男の話のせいで肝心なこと忘れてたよ。まかないもらっておいで」

「え、もうそんな時間？」

「昼時だよ。いつきちゃんがなかなか来ないから、若旦那に呼んでくるように頼まれたのよ」

考え事をしながら部屋の掃除をしていたせいで、昼食の時間を失念していた。

「ごめんなさい。すぐ行きます。朝霧さんはもう食べました？」

「あたしはもうもらったわよ。今から休憩。ほら、行ってきなさい」

「はーい！」

宿で働く私たちは、お客様の朝食が終わると片づけや清掃をし、昼食をとった後は十四時半まで中抜けと呼ばれる長い休憩時間がある。

時間の使い方はそれぞれ違い、仮眠をとる者もいれば、買い物に出たりと所用を済ませる者もいる。

朝霧さんはいつも自分磨きの時間に当てているようで、私にもたまに化粧の仕方を伝授してくれるのだ。

彼女曰く、仲居は心配りだけでなく見目も重要、とのこと。

私もたまにはファッション雑誌でも買って勉強しようかなどと考えながら、昼食をとるために従業員休憩室へ向かう。

一階フロントの後ろに下がる目隠し用の丈の長い暖簾をくぐると、厨房との間にしつらえられたカウンター席にミヅハとカンちゃんが座っていた。

「お、来た来た。豊受比売さん、姫さん来ましたよー」

もう閉店しましたとばかりにピッチリと簾が下げられたカウンター。

その向こうにいる豊受比売様にカンちゃんが声をかけると「は、はい～」と、小さくてかわいらしい声が聞こえた。

私は、すでに食事を終えた様子のミヅハとカンちゃんに「お疲れ様」と伝えてから、姿の見えない豊受比売様にも挨拶する。

「お疲れ様です！　ごめんなさい、私のせいで豊受比売様の休憩時間まで遅れちゃいますよね」

「い、いえ……私は、ご飯作る時だけここに来ればいいので……だから気にしないでいいです」

か細い声で続けた豊受比売様が、「今から昼食ご用意しますね」と続けるとカウンターから気配が去っていく。

厨房で調理を担当している豊受比売様は、伊勢神宮の外宮に祀られている食物を司る女神様で、もともとは現在の京都府北西部と兵庫県東部にあった丹波国にいたらしい。

しかし、伊勢神宮に鎮座した天照様が雄略天皇の夢枕に立ち、『ひとりじゃ寂しいから、丹波国の比沼真奈井にいる豊受比売を呼んでくれないかしら？』とお願いしたため移ってきた。

……というのが、一般的に公開されている話なのだが、母様に聞いたところ、天照様は、気が弱く引きこもりの豊受比売様を心配して呼びつけたんだとか。

なにを隠そう、カウンターにピッチリと下がる簾も、引きこもりの豊受比売様のために設置されたものだ。

私がこの天のいわ屋に来てから、豊受比売様の姿を見たのは片手で数えられる程度しかない。

最後に見たのは二年ほど前。従業員用の女湯でたまたま遭遇したのだけれど、相変わらずおっとりとかわいらしかった記憶がある。

ちなみに、自称、豊受比売様と仲良しのカンちゃんの情報によると、豊受比売様の趣味はネットサーフィン。ＳＮＳも駆使しており、イン○タで自分の作った料理を載せているんだとか。

あやかしも神様も、時代の流れにしっかり乗っていて、なんともたくましい限りだ。

「姫さん、体調はもういいのか？」

背の高いカウンター用の回転椅子に腰を下ろすと、隣に座るカンちゃんがお茶の入った湯呑を手に首をかしげた。

「うん、今のところ問題ないかな。眩暈もないし。心配かけてごめんなさい」

椅子を回し、体ごとカンちゃんに向けてから頭を下げる。続けて、ひとつ空けてさらに奥の席に座るミヅハにもようやく、「昨日はありがとう」と礼を言えた。

厨房の方から醤油（しょうゆ）の香りがほんのりと漂う中、ミヅハは横顔だけで「ああ」と答える。

この反応はいつも通りのものなのだけど、やはり結婚うんぬんという前提で見れば少しひっかかってしまう。

これが噂（うわさ）に聞くマリッジブルーというやつなのだろうか。

まだ正式に結婚するつもりはないながらも悩んでいれば、カンちゃんの能天気な声が聞こえてくる。

「かわいい姫さんが元気ならそれでいいさ。もしまた倒れても、王子様のオレがキッスで目覚めさせてやるから安心してくれ」

「それ安心できないやつね」

ウインクするカンちゃんに即座に笑って返した。

するとと、今まで興味なさそうにしていたミヅハがふっと息だけで笑う。

「そもそも、頭頂部が皿の王子なんて聞いたことがない」

ミヅハの言葉に、カンちゃんの体が一瞬固まったのがわかった。

私に向けて浮かべていた笑みを貼りつけたまま、カンちゃんはぐるりと椅子を回してミヅハを振り返る。

「姫さんのツッコミはともかく、若旦那？　オレのコンプレックスをネタに心臓えぐるのやめてくれませんかね？　水神のくせに鬼か」

勘弁してほしいぜと唇をわずかに尖らせたカンちゃんは、そっとコンプレックスである頭頂部を、草色に染められたバンダナの上から押さえた。

ミヅハがネタにした頭頂部の皿とは、河童の頭にある禿げ上がった皿のことだ。

河童にとって皿は重要で、乾けば力を失い、割れれば生命を失いかねない部分だとカンちゃんから聞いている。

実際、夏はこまめに水分補給をしているようだ。

しかし、私はその現場を目撃したことはない。

なぜなら、オシャレ好きなカンちゃんにとって、皿は格好悪い部分であり、見られたくないパーツでもあるかららしい。

だから人目につかないよう隠れて補給しているのだとか。

「まあほら、誰しもコンプレックスはあるものだし、お皿があろうとなかろうとカンちゃんは素敵だと私は思うよ」

「姫さん……天女(てんにょ)かよ。お茶、おごらせてもらうぜ」

カウンターの端に置かれた盆に並ぶ湯呑から、新しいものをひとつ取って、急須からお茶を淹(い)れてくれたカンちゃん。

「めっちゃ無料。でもありがとう。いただきまーす」

淹れ直して時間があまり経っていないのか、ほどよい温かさのお茶を口に含んだところで、自分が口にした言葉に、自分で気づかされる。

そうだ。誰にでもコンプレックスだったり欠点はあるのだ。

ミヅハから見たら私だって欠点だらけだろうし、なにより私は人間だ。水神であるミヅハからすれば、なんの得もない結婚となるはず。

本当に、なぜ母様は私とミヅハの結婚話など持ち出したのか。

「あ、あの……おうどん、できました。どうぞ召し上がってください」

簾が少し持ち上がり、丸いお盆にのったまかない料理が、豊受比売様の華奢(きゃしゃ)な手でゆっくりと押し出された。

「わ、伊勢うどん！　ありがとうございます」

「おうどんは手打ちしてみたんですけど、お口に合わなかったらごめんなさい……」

「そんなはずないですよ。豊受比売様の作るお料理はどれも絶品です」

さすが神々の食事を司る豊受比売様だと、どのお客様にも好評なのだ。ありがたいと拝むお客様もいるくらいで、私も常に感謝の気持ちを持っていただいている。

「そ、そんな……ありがとう、ございます」

照れた声が聞こえると、居たたまれないとばかりに簾がシャッと下ろされた。

かわいらしい方だなと頬を緩め、さっそく箸を手にする。

「いただきます！」と簾の向こうの豊受比売様に聞こえるように言って、どんぶりを見下ろした。

極太麺が特徴の伊勢うどんは、江戸時代、集団で伊勢神宮を参拝する〝おかげ参り〟の食事として広まった。参拝者たちの疲れを気遣い、消化のいいものをというおもてなしの精神から生まれた、伊勢ならではの名物料理だ。

ツヤのある白い極太のうどんに、とろりとした黒いタレ。添えられたきざみネギと共に、よくかき混ぜてから箸で掴（つか）んで口内へと運ぶ。

「んー！　もちもち！」

噛むともっちりとやわらかい食感が魅力の麺。しっかり絡まるたまり醤油を使ったタレも、かつお節の出汁（だし）が香り、まろやかな風味が口いっぱいに広がる。

「タレの印象からは想像できないこのあっさりとした味が、やみつきになるんだよね」

伊勢うどんは一見するととてもシンプルだが、丁寧に作り込まれたのがよくわかる味だ。

伊勢神宮内宮の参道である〝おはらい町〟や〝おかげ横丁〟にも伊勢うどんを味わえる店がいくつかある。店によって味わいが異なり、バリエーションが豊富な店もあるので、色々と食べ比べるのも楽しそうだ。

「オレはトッピングに生玉子をお願いしたんだけど、甘さが増してうまかったぜ。ちなみに若旦那はかつお節たっぷりのせ」

「旨味がぐっと増した」

「ああっ、それどっちも絶対に美味しい。食べなくても味がわかっちゃう」

カンちゃんの語った卵黄のせ伊勢うどんと、ミヅハが食べたというかつお節のせ伊勢うどんの絶品度は想像にたやすい。

なんならダブルでトッピングさせてもらえないかと、簾の向こうで褒められてあうあうと照れている様子の豊受比売様に声をかけようとした時だ。

「ああ、ここにいたね。若旦那」

涼やかな声が聞こえて、箸を手にしたまま顔だけで振り返る。

そこには、やわらかな笑みを湛えたあやかしがひとり。

ピンと立った狐の耳と、ゆらりと揺れる毛並みのいいふわふわの尻尾。

彼は、箸でうどんを掴む私に「やあ、いつきさん」と微笑みをくれた。

「夕星か。どうした？」

「うん。休憩中に申し訳ないけれど、予約の件で相談させてもらえないかな？」

話しながら宿帳を手にミヅハへと歩み寄る夕星さんは、北斗七星の化身とも伝えられる黒い毛の狐、黒狐というあやかしだ。天のいわ屋では番頭を任せられている。

彼をひと言で表すならば耽美。

黄金色の瞳を縁取る長い睫毛、陶器のような白い肌。空の薄明を流し込んだような蒼い髪は、後ろ髪よりも前髪の方が長く、上品な色気がある。

「実は今さっき使いの神鶏から知らせがあってね。猿田彦様と天宇受売様ご夫妻が、明日から一泊の宿泊を希望とのことなんだ」

猿田彦様と天宇受売様とは、内宮からおはらい町通りを抜けた先にある猿田彦神社に祀られている二柱の神様だ。

猿田彦様は、天照様の孫にあたる瓊瓊杵様が、天界から地上へ降り立った際に地上世界を案内した神で、人々をよい方向に導く〝みちひらき〟の神様として崇められている。

そして、妻の天宇受売様は、天岩屋戸に隠れた天照様の気を引くため、岩戸の前で踊った女神様。神楽や芸能、さらには縁結びの神として各地から信仰を集めている。

このご夫婦は、昔から天のいわ屋をご贔屓にしてくれているらしく、春夏秋冬、季節が移ろうごとに泊まりにやってくる……のだが。

「暁天の間は？」

「残念ながら明日は空いていないんだよ。それで、若旦那に相談しに来たというわけさ」

「なるほどな……」

おふたりの来訪はいつも当日か翌日と急なもので、加えて天のいわ屋自慢の日本庭園が眺められる離れの特別室、暁天の間を所望するのだ。

ちなみに天のいわ屋は全部で八つの客室がある。

一階に特別室離れ『暁天の間』、特別室『天河の間』の二部屋。

二階に『蒼天』『幽天』『水天』『昊天』『上天』『玄天』の六部屋だ。

各部屋の広さはそれぞれに違うが、清潔感を保ちお客様に満足していただけるよう尽くしている。

「別日での提案は？」

ミヅハが確認すると、夕星さんは宿帳に記載された予約リストのページを開いた。

「もちろん、暁天の間が空いてる日を伝えたけど、今月は猿田彦様が多忙らしく、明日と明後日しか空いていないようなんだ」

「あー、あれだな。なんだっけ……ずーっとフライト？」

「君は相変わらずカタカナに弱いな。ジューンブライドだろう。ずっとフライトも多忙そうだが」

会話に参加したカンちゃんに突っ込みを入れた夕星さんに、ミヅハは「挙式が増える時期か」と納得した。

猿田彦神社では本殿で神前挙式を執り行い、猿田彦様は新しく始まる新郎新婦ふたりの道を開くための加護を授ける。常日頃から縁結びや夫婦円満のご利益を求める参拝者が多いので、この時期になると仕事が増え、毎年疲労で少しやつれてしまうのだ。

「今年も合間を縫って疲れを癒しにいらっしゃるのね」

咀嚼（そしゃく）したうどんを飲み込んで言うと、夕星さんは小さく肩をすくめた。

「ああ、旦那の疲労度がやばいのだと、天宇受売様から連絡を受けたよ」

猿田彦様はもちろんだが、天宇受売様も全国各地で祭神として祀られているため、普段から忙しくしている方だ。きっと夫婦そろってお疲れのことだろう。

「だが、暁天の間は予約で埋まっているからな……」

どうしたものかと眉を寄せて思案するミヅハの横で、カンちゃんが腕を組みながらなにかを思い出すように宙を見つめる。

「確か、泊まれないから温泉だけ利用って時もあった気がするけどな」

記憶違いだろうかと首をかしげるカンちゃん。

言われてみれば、確かに去年の秋頃は暁天の間に泊まれず、日帰り温泉だけ利用してくれていた。であれば、二日間たっぷりとおもてなしはできないけれど、少しでも疲れを癒してもらえるのではないか。

そう思ったのだけれど、夕星さんは首を横に振った。

「今回はゆっくりしたいから、どうしても泊まりにしたいそうだ」

なるほど。どうやら猿田彦様の疲れ具合は深刻なようだ。

伊勢うどんを最後まで美味しく食べ終えた私は、箸を持ち上げて「ごちそう様でした」と伝え、食器を厨房側へと押し入れた。

小さな声で「おそまつ様です」というかわいらしい声が聞こえるも、すぐにミヅハの落ち着いた声が重なる。

「そうなると、他の部屋でお願いするしかないな。天河の間は？」

「空いているよ。ちなみに天河の間も提案済みだけど、庭園が違うからと断られた」

「やはりそこか」

夕星さんの言葉にミヅハがそっと息を吐いた。

暁天の間と天河の間は、部屋の広さは同じで、露天風呂付きなのも変わらない。離れであるかと日本庭園の広さが異なるくらいだ。

では、なぜ暁天の間にこだわっているのか。

それは、天宇受売様が日本庭園の小さな池に架かる橋を舞台にし、舞を披露するのを猿田彦様が楽しみにしてらっしゃるからだ。

と、そこでふと閃いた。舞の舞台が欲しいのならば、天河の間の庭園に、天宇受売様の舞が美しく際立つような仕掛けを作ればいいのではないか。

「あの、それなら、天河の間の庭園を改造してみるのはどうかな？」

「改造？　今からか？」

ミヅハが軽く目を見張る中、私はひとつ頷き笑みを浮かべた。

「改造といっても大がかりなものではなくて、蝋燭をいくつも並べて雰囲気を出してみたり、和傘や紫陽花を置いてみたりするの」

天宇受売様の舞のイメージに合う舞台に仕上がれば、天河の間の庭園でもきっと満足してもらえるはずだ。

私の提案に、夕星さんが表情を明るくする。

「ライトアップってやつだね！　いいね！　素敵な発想だし、なにより僕好みの演出だ。もし必要なら、僕の狐火もライトアップに使ってくれてかまわないよ」

美しいものが大好きでナルシス……いや、ロマンチストな夕星さんはそう言うと、手のひらに小さな青い炎を出現させて浮かべた。

「おっと、それならオレも水芸で楽しませてやれるぜ」

カンちゃんがなぜか夕星さんに対抗するように手のひらから水を繰り出す。ピュンと水鉄砲のように軽やかに飛ばされたそれは、偶然かはたまた狙ったのか、夕星さんの狐火を消火した。

「おい、河童君。わざとか？」

「いいや？ 狐君、たまたまだ。それより若旦那、どうすんです？ 女将に許可取ってきます？」

「いや、働けるとごねていたのを無理に休んでもらってる状態だ。ここで相談しようものならここぞとばかりに働きかねない」

「想像つきますねぇ」

カウンターに頬杖をついてカンちゃんが苦笑する。

実は、母様は今日からしばらく休みになった。

本人は大げさにしなくてもと笑って働く気満々だった。しかし、神族が倒れるにはそこに普通ではないなにかがあるのだ。原因はわかっていると母様は言っていたけれど、解決しない限りはまた倒れる可能性はある。

明かしてもらえないなら、せめてしばらくは休んでほしいと今朝方部屋に赴き願い出たところ、どうにか了承してもらえた。

ミヅハにも同じように言われたのだと笑いながら。

「瀬織津姫が休みの間は、無理のない範囲で俺ができる限り対処するよう努める」

ミヅハが告げると、夕星さんとカンちゃんは「了解」と声をハモらせた。

「で、いつきさんの提案についてはどうする？　やるのならすぐに交渉の使いを出すけれど」

「つーか、準備は誰がやるんだ？　オレは湯殿の掃除が終われば空いた時間に手伝えるぜ」

夕星さんに続いて、カンちゃんが休憩室の柱時計を確認しながら話す。

「私がやるわ。これから休憩だし、蝋燭とか必要なものも見繕って買ってきます」

言い出しっぺは自分だし、できることはやりたい。

そもそも、私が天のいわ屋で働く道を選んだのは、母様に育ててもらっている恩を少しでも返すためだ。そして、人である私の存在を邪険にすることなく、成長を温かく見守ってくれた従業員の皆の役に少しでも立ちたいという思いもある。

私の中抜け休憩は十一時半から十四時半までなので三時間あるけれど、すでに時計の針は十二時を過ぎている。

あまりのんびりはしていられないと椅子から降りれば、ミヅハも動きだした。

「……俺も行こう」

「大丈夫だよ。私ひとりでも」

せっかくの休憩時間に付き合わせては悪いと思い断ったのだけれど、ミヅハは「用事のついでだ」と言って湯呑を洗い物用の籠に入れる。すると、同じく湯呑を片づけるカンちゃんがミヅハを見て眉根を寄せ小首をかしげた。

「用事？　さっきはこれから仮眠取るって言ってええええてててて！　いってぇ！」

「な、なにごと？」

いきなり痛がるカンちゃん。

よく見ると、彼の背後に立つミヅハの手のひらから、次々と水の矢が放たれてカンちゃんの背中を打ちつけている。

先ほどカンちゃんが夕星さんの狐火を消した技と似ているのは、どちらも水を司る性質の神とあやかしだからだ。

そういえば、以前母様に神様とあやかしの違いを尋ねたことがあったのだが、道具が化けてあやかしとなったものが付喪神という呼び名であるように、その境界は曖昧なのだと教えてくれた。

あやかしを神として崇める土地もあるのだと。

今ではなんとなく理解できる気はするが、なぜふたりが激しくじゃれ合っているのかは理解ができず見守っていたら、夕星さんが私の隣に立って「ふふ」と笑う。

そうして、そっと私の耳元に唇を寄せると「若旦那はね、幾千の時を経ても、君のことが心配でたまらないんだよ」とこっそりと耳打ちした。

ミヅハが私を心配してくれている。だから、買い出しについてきてくれるということなのだろうけれど……〝幾千〟とは、なにかのたとえなのだろうか。

よくわからずに夕星さんを見つめていると、彼はまた小さく笑った。

「それにしても、若旦那も難儀だね。抱え込みすぎて、君への関わり方が迷走している」

美しいようで美しくないなと続けた直後、カンちゃんを狙っていたはずの水の矢が一斉に夕星さん目がけて飛んできた。

けれど、夕星さんは特に狼狽えることなく、瞬時に発生させた狐火ですべて止める。

ミヅハが怖い目で夕星さんをにらんでいるように見えるのは気のせいだろうか。

「どうやらしゃべりすぎたようだね。僕はフロントに戻ってもう一仕事してくるよ」

庭園を飾りつける際は僕も協力させてもらおうかなと言い残し、夕星さんは休憩室から去っていった。

ようやく攻撃がやんで、カンちゃんはひでえよと半泣きで部屋を飛び出していく。

「……ふたりとも余計なことを」

どうやらカンちゃんも夕星さんも、ミヅハの逆鱗に軽く触れてしまっていたらしい。

なにはともあれようやく静かになり、私はミヅハを見上げた。

「えっと……それじゃあ、一緒に出かける？」

「ああ。できるところまで準備をして、明日、部屋の清掃と同時に飾りつけに入ろう」

「わかったわ。じゃあ急いで準備してくるね」

ミヅハが頷くと、私は着物の袖をまとめていたタスキを解き、出かける支度をすべく離れ屋敷へと走った。

――おはらい町は内宮へと続く参道で、中央のおかげ横丁と合わせて両側にたくさんの店が軒を連ねている。

風情あるレトロな雰囲気の町並みは大勢の人が行き交い賑やかだ。

「どうしよう？　とりあえず、おかげ横丁のキャンドルショップへ行ってみる？」

「そうだな。もしくは神大市比売（かむおおいちひめ）の店に行くか」

答えながら庭園に使えそうなアイテムはないかと、連なる店に目を走らせるミヅハ。

すれ違う女性たちの多くが、ミヅハを見てほんのりと頬を赤く染めたり、連れの女性同士で興奮しつつひそひそと会話するこの光景を見るのは、今年でもう何百回目だろうか。

ミヅハの優れた容姿は、当然多くの人目を惹（ひ）きつけるほど魅力的だ。

目立たぬように、人々に溶け込むようにとミヅハなりに気を遣って洋装にしたところで、その美貌と滲み出るオーラまでは隠せない。

一度、帽子とサングラスを装着して歩いてみたこともあったけれど、芸能人かモデルがお忍びで来ていると勘違いされていたっけ。

「神大市比売様のところも使えそうなものがありそうだね」

神大市比売様は、おはらい町やおかげ横丁の賑わいから少し離れた〝内宮おかげ参道〟近くに店をかまえる女神様だ。

死者の国への入り口、黄泉比良坂の先に、死者の国とは別に〝根の堅洲国〟という神とあやかしが共に暮らす空間がある。

神大市比売様はそこに住む天照様の弟、須佐之男様のふたり目の奥様だ。

内宮にある摂社のひとつ湯田神社に祀られていて、商売繁盛、市場の繁栄を守護する神様なのだが、ご本人も商い事が好きで自ら店をかまえたとか。

ただし、神大市比売様のお店『おおいち堂』は、天のいわ屋と同じく神やあやかしにしか見えず、人は入ることはできない。

「先にキャンドル屋に行ってみるか。天宇受売様は新しいもの好きだし、人間の店で売ってるものは洒落てるものも多いからな」

「スイーツもね」

「ああ、スイーツも最高にうまいものを作り出すな」

急に目を輝かせるミヅハのわかりやすさに、私は思わず小さく笑ってしまう。

おはらい町とおかげ横丁には、食事処や土産屋、雑貨屋にカフェや茶屋と様々な店がひしめき合っていて、食べ歩きができる店もたくさんある。

道行く人々の手には、土産の入った袋の他に、ドーナツや串焼き、ビールにコロッケなどを持ってお腹を満たしている人も少なくない。

まして今日は、昨日の雨模様が嘘のような快晴だ。

色とりどりの傘が花のように開いた参道も風情があって素敵だけれど、伊勢を満喫し、晴れやかな笑顔が咲いている風景も活気があっていい。

燦々と照らす太陽の下で、私は隣を歩くミヅハを見上げる。

「今日は気温高めだし、買い物が早く終わったら赤福氷を食べて帰ろうか？」

夏のお伊勢さんといえば、伊勢土産で有名な『赤福』の赤福氷だと言っても過言ではないだろう。

私の提案にミヅハはしっかりとひとつ頷いた。

「大賛成だ。お土産に赤福餅も買っていいか？」

「宿の皆用に？」

「と、自分用に二箱……いや、三箱か？」

数を真剣に悩み始めたミヅハは、いつも通りの甘味に目がないモードの彼だ。

昨日と今朝に比べたら機嫌もよさそうに見え、今ならばと、私は婚姻を結ぶことについて尋ねてみることにする。

「ね、ミヅハはいいの？」

「三箱で満足なのか、ということか？」

「赤福餅の話じゃなくて、母様が言ってた婚姻のこと」

「ああ……そっちか」

スイーツの話ではなくなり、明らかにテンションダウンしたのが見てとれた。

空気を読めない女で申し訳ないと思うけれど、母様の希望では婚姻を結ぶのは今月か来月中だと話していた。

あまりのんびりとかまえてはいられないのだ。

「ふたりが話していた〝あの時〟とか、なんで母様が私とミヅハの婚姻を望むのかはわからないけど、どんな理由があるかはさておいて、水神様であるミヅハにとって人間の私との婚姻はなんの得もないでしょう？」

私は、神様やあやかしを視れる体質ではあるけれど、ではそれが神にとってプラスであるかと言われたら疑問だ。

一体なんのための結婚なのか。

ふたりで幸せになってほしいというのは、なにをもってそう思うのか。

相も変わらず疑問ばかりが浮かぶこの結婚話に首をかしげていると、ミヅハが溜め息をついた。

「え、なんでそこで溜め息なの？」

もしや、面倒だと思われてる？

そうだとしたら、わからないことだらけで溜め息をつきたいのはこちらも同じ。さらに言わせてもらえば、今まで幼馴染のように共に成長してきた相手と結婚と言われ、ミヅハはなにも思わないのかと唇を尖らせかけた時だ。

「損得なんてどうでもいい」

「……え？」

淡々とした口ぶりのようでいて、わずかに熱の籠ったミヅハの声に私は瞬いた。

迷いを持たない瑠璃色の双眸が私を見下ろしている。

「俺は、相手がいつきなら、そんなものどうだっていい」

淀(よど)みなく紡がれた思いもよらない言葉に、胸の鼓動が強く打つ。

質問を投げかけたのは私の方だけれど、こんな豪速球を返されるとは予想もしていなかった。相手が私なら損得は関係ないなんて、いいように受け取るならば、まるで愛の言葉だ。

どういった意味で彼が今の言葉を口にしたのか。胸を高鳴らせながら測りかねていると、ミヅハは戸惑う私から目を逸らし、参道へと視線を戻した。

「瀬織津姫はきちんと意味を見出して婚姻の話を持ち出したはずだ。もし、損得を踏まえての婚姻であるなら、それによって得があるのは俺ではなくいつきになる」

「わ、私？　神様との結婚って、人間になにか得があるの？」

「得となりうるかはそれぞれの価値にもよるだろうが、伴侶となれば寿命が……」

おかげ横丁の入り口に差しかかったところで、ミヅハは突然ピタリと歩みを止めた。

「まさか、そういうことなのか？」

目を見張った後、眉を寄せ、なにかに気付いた様子のミヅハに、私は「どうしたの？」と尋ねる。

するとミヅハは、迷うように瞳を揺らしてから、ゆるゆると首を振った。

「いや……少し、確認することができただけだ。悪いが、今俺が教えられるのは、神族との婚姻により人が得られるものは、神と同じものが見聞きできるようになるということと、寿命が格段に延びる、ということだけだ」

なるほど。確かにそれは人によれば得となるのだろう。

私はすでにほとんどを見聞きできる体質なので、変わるのは寿命の部分だけだ。

しかし、そこでふと疑問が浮かぶ。

「ということは、ミヅハと結婚したら、私は人ではなくなるの？」

神に嫁ぎ、神族の仲間入りを果たすことで寿命が延びるなら、それは人と呼べるものなのだろうか。

ミヅハは、肯定も否定もしない。ただ、静かに「人の身を持ちながら、人の理からはずれることになる」と教えてくれた。

「そう、なんだ……」

歯切れ悪くこぼしてしまった私は、おかげ横丁を進むミヅハを追いかける。

人のまま、人非ざる存在になる。

なんとも中途半端な存在だと思いつつも、もともと自分が中途半端な位置にいることに気付いた。

幼い頃から、私の仲良しは人ではなく神やあやかしたちだった。

そして今、私は人でありながら神の経営する宿で働き、神やあやかしたちと交流を深めながら過ごしているのだ。

もちろん、岩井桜乃という人間の友人もいるけれど、彼女は私と似た力を持つ。

ありのままの私でいられ、受け入れてくれている点を踏まえると、感覚的には神やあやかしと接している時に近いかもしれない。

それでも私は人間で、しかし、普通は視えないものを視ることができる私を、多くの人々は奇妙な目で見る。

さらには、天のいわ屋で働く私に、奇異、好奇な眼差しを向ける神やあやかしがいるのも事実で。

どちらの世にいても、私はなんとも中途半端なのだと思わされる。

そんな取り留めもないことを考え、うっかり思考の海に片足を突っ込みかけた私の意識を引っ張り上げたのは、ミヅハの意外な問いかけだ。

「……俺と婚姻を結ぶのは嫌なのか？」

「へぁ!?」

思わず変な声が出て、今度は私が足を止めてしまうと、ミヅハも合わせて立ち止まる。

「な、そ、そっちこそ、私との婚姻なんて嫌なんじゃないの？」

「なぜそう思うんだ」

「なぜって……そっけないし、なんとなく、避けられてるなと思う時もあるし」

本人に対して思っていたことを正直に告げたのは初めてだった。

しかし、結婚するとなればやはり解決はしておきたいので、文句を言っているようで悪いなと思いながらも、返答を待つ。

きっと、自覚はあるのだろう。ミヅハの視線が、少しばつが悪そうに私から逃げた。

そうして、ぽつり。

「……その方が、いつきにとっても、俺にとってもいいと思っていた」

ミヅハが吐露したのは、曖昧で納得のいかない答え。

どんな理由で、そっけなく突き離したり、避けたりすることが互いのためになると思ったのか。

今のところ、ミヅハのそっけなさのおかげで私にいいことがあった覚えはない。避けてくれていなければ、危うく大怪我をするところだったというような危機一髪展開にもめぐり合ってはいない。

しかし、なにもないと感じているのは自分だけで、もしかしたら彼にはいい効果が出ているのだろうか。

首を捻る私に、ミヅハの戸惑いがちな視線が戻ってくる。

「傷つけて悪かった」

「傷ついていたわけじゃないの。ただ、寂しいなって、思ってた」

確かに、ミヅハの態度がそっけないと気付いた時は戸惑った記憶がある。

けれど、ただ突き離すだけでなく、そこに優しさや思いやりが隠れているとわかるなにかがいつだってあった。

昨日、私が倒れた時もそうだ。

いざとなれば、誰よりも早くその手を差し伸べ気遣ってくれる。

だから、彼をひどいと思ったことは一度もなく、ひっそりと寂しさを募らせていたのだ。

そして先ほど、ミヅハが互いにとっていいと思っていたという言葉で、夕星さんが話していたことを思い出した。

ミヅハが抱え込みすぎて迷走していると、小さく笑いながら口にしていたのを。

水神であるミヅハには、私にはわからない悩みも色々とあるのだろう。

今もミヅハは、私の言葉を受けて考え込むようにうつむいてしまっている。

あまり悩みを増やしては申し訳ない。とりあえずこの話は一旦切り上げよう。

「そっか。なにか理由があるなら仕方ないね」

笑みを浮かべ告げると、ミヅハは意を決したように顔を上げた。

「嫌なわけがない。だから、寂しく思う必要もない」

伝えられたのは、少し前に動揺しながら問いかけたことの答え。

ミヅハは私から目を逸らすと「行こう」とぶっきらぼうに言って背を向け、目的地のキャンドルショップへと進んでいく。

その耳が、ほんのりと朱を差しているように見え、ミヅハの言葉の甘さに気付いた私の頬まで熱を持つ。

結婚するのは嫌ではなく、相手が私なら損得などどうでもいい、なんて。初恋だった相手からこんなにも甘い言葉をもらって、なにも意識しない女性はいるのだろうか。

暴れる心臓を落ち着けようと深呼吸をしてみるもうまくいかず、走りだしたくなるような気持ちでミヅハを追う。

その背中に『私も嫌じゃないよ』と投げかける勇気はついぞ出ないまま、私たちはキャンドルショップへと足を踏み入れたのだった。

――やわらかな光と心地よいアロマの香りに包まれた店内から出た私は、荷物を持ってくれているミヅハを振り返る。

「猿田彦様と天宇受売様、気に入ってくれるかな」

「かなり吟味したし、大丈夫だろう」

キャンドルショップで購入したのは、さざ波のように線が浮かび上がるグラスとキャンドルのセットだ。

手のひらほどの大きさのものを十個、ひと回り小さいものを十個。庭園には灯籠の灯りもあるので、ライトアップとしてはこれくらいの数で足りるだろう。

あとは和傘と衝立が用意できれば、ひとまずは形になりそうだ。

「和傘は宿にあるものでいけるかな?」

「洒落たものでなくてもいいのなら」

言われて思い出してみれば、確かに宿に置いてある蛇の目の和傘には宿名と神紋が入っているので、魅せるおもてなしとしてはいまいちの印象だろう。

なにより、梅雨という季節を活かし、傘で紫陽花を表現するのも雅なのではと考えているので、やはり新調するのがよさそうだ。

「やっぱり、おおいち堂に寄ってもいい？」

神大市比売様のお店には様々な種類の品物が売られている。食品から雑貨に家電まで、現世では売られていない珍しい物も店内にところ狭しと並んでいて、お邪魔するたびに心が躍るのだ。

「俺はかまわないが……体調は問題ないのか？」

「平気よ。本当に、ただの貧血だと思うし、一応サプリも摂ったから」

「それならいいんだが……」

私を見つめるミヅハの瞳が、なにかを探るようにゆっくりと揺らぐ。

「倒れた経験は、昨日が初めてなのか？」

「事故を省けば多分そうだと思うけど……どうして？」

首をかしげると、ミヅハは「いや……別に」とだけ答え、おおいち堂へと足を向けた。

並んで歩きながら、彼の横顔を見上げる。

きっと心配してくれているのだろうが、それにしてはどこか考え耽っているようにも見受けられる。

——そういえば、今また『別に』とそっけなく言われたけれど、あまり気にならなかった。

先ほどキャンドルショップに入る前、ミヅハから寂しく思う必要はないという言葉を聞けたからかもしれない。

我ながら単純だ。

どこかくすぐったい気持ちを持ちながら、おはらい町の賑わいから離れ、背の高い塀に挟まれた人気のない細い路地を進んでいく。

やがてぶつかった行き止まりに——ゆらり、陽炎が現れ、目的地であるおおいち堂が姿を見せた。

重厚感のある日本建築は風情のある佇まいで、朱色の暖簾には大きく『おおいち堂』と白い文字で書かれている。入り口脇には営業中と記された腰の高さほどある木製の看板が立ち、私たちは暖簾をくぐると格子扉を開けた。

「ごめんくださーい」

コンビニのように入店を知らせるベル音はないので、声をかけつつ店内を見渡す。

このおおいち堂では、現世のものも取り扱っており、店内にはあらゆる食料品に薬、お札や提灯、食器類に和雑貨、織物や生活用品と多種多様な商品が並べられている。

そのうちのひとつ、絆創膏らしき四角い箱を手に取ったところで「いらっしゃいませ」という色っぽさを纏った声が聞こえてきた。

現れたのは、おおいち堂店主の神大市比売様。腰まである長い髪をゆったりと揺らし、たれ目がちな瞳に私たちの姿を映すと穏やかな笑みを浮かべた。

「まあ、よく来てくれましたね。いつきは、相変わらず瀬織津姫のところで頑張ってるみたいですね」

「はい。まだまだ未熟ですけど、毎日楽しいです」

「宿で働くのに飽いたなら、ぜひうちにスカウトしたいと思っているのですが、その様子だとまだまだスカウトは厳しそうですね」

フフッと上品に笑った神大市比売様は、今度はミヅハに微笑みかける。

「ミヅハも、若旦那として日々成長していると、先日買い物に来た瀬織津姫から聞きましたよ」

「俺には愚痴をこぼしてきたと」

「それは二割ほどで、ほとんどがあなたたちふたりへの褒め言葉でした」

素直じゃないですねと着物の袂を押さえつつ口元に手を添えて笑顔を見せてから、

神大市比売様は「それで、今日はなにが必要でいらしたんですか？」と尋ねた。

「実は和傘が欲しいんですけど、置いていますか？」

「和傘でしたら、KOZO（こぞー）の新作がいくつか入荷していますよ」

「KOZOの！　見せてもらってもいいですか？」

「ええ、もちろん。少し待っていてくださいね」

店の奥に向かう神大市比売様を目で追いながら、私は心を弾ませる。

KOZOとは、からかさ小僧とひとつ目小僧のあやかしふたりが起ち上げた和傘ブランドで、ここ数年、神やあやかしの間で人気なのだ。

デザインはひとつ目小僧が担当で、シンプルなものからモダン、カジュアル、スタイリッシュと幅広く、からかさ小僧の高い技術により一本一本手作りされている。

店に並べばわずか数日で販売終了となるため、在庫があるのは幸運だ。

「KOZOの傘なんて買っていったらカンちゃんが欲しがりそう」

「干汰は流行ってるものはなんでも欲しがるからな」

「自称あやかしイチのオシャレ番長だものね。ところでこの絆創膏は人には使えないのかな？」

先ほど手にしたままだった手のひらサイズの箱をミヅハに見せて問うと、商品を見ただけで「それは神とあやかし専用だ」と彼は教えてくれた。

詳しく聞けば、治癒に特化したまじないが施されており、怪我の治りを早くする効果があるらしい。しかし、そのまじないは神やあやかしの体にめぐる気に反応し作用する仕組みなので、人に貼っても効果は得られないとのことだ。

「人間にも効けばいいのになぁ」

絆創膏を見つめながら声をこぼすと、ミヅハは手にしていた買い物袋をそっと足元に下ろし腕を組む。

「人は人で治癒の効果を補助する絆創膏を開発して販売しているだろ」

「そうなんだけどね。でも改めて考えてみると、種族の違いによって通用しないものがあるのって不便よね。というよりも、種族が違うこと自体が不便というか」

「まあ、確かにそうだが、それは言っても仕方のないことだ」

「もちろんわかってるよ。ただ、神様とあやかしたちの間で交流があるみたいに、人も同じであればまた違う今があったのかなと思うと寂しいというか……」

もしかしたら、この考えは、自分が中途半端な立ち位置にいるからこそ生まれるものなのかもしれない。

神、あやかしと人の間には目に見えない隔たりがあり、それを越えてどちらの世界にも立てている私は、どうしても不便さを感じることがある。

神やあやかしであれば、天のいわ屋へは内宮の御手洗場から渡れる。

だけど、私は人であるゆえに、普段は人目につかないよう森に囲まれた宇治神社の方から入るように気をつけているし、この絆創膏のように、人には効果がないからと、人用のものを別に用意しないとならないことも多々あった。

慣れれば苦ではないけれど、やはり不便は不便。なので、現世のものも販売しているおいち堂は、私にとって非常にありがたいお店なのだ。

「いつか、人も神様もあやかしも、皆同じ国で暮らせる……なんて、ならないかな？」

「……同じ国、か」

基本的に、神様には天上界に神々の暮らす高天原という国があり、あやかしたちには根の堅洲国がある。けれど、人の生きる現世に住む神やあやかしも多くいる。遥か昔から、人に紛れ、人から隠れ、脅かさず、脅かされない距離を保って。

天のいわ屋を利用するお客様たちは、ほとんどが現世で生活をしていて、日々の疲れを癒して帰る。

人である私に、移り変わりの激しい現世での困り事を相談してくるお客様も多く、そのたびにいつも思っていた。

「神様もあやかしも、人と同じように悩んで生きてるんだし、わかり合えると思うんだけどな」

まあ、見た目が奇抜というか衝撃的なあやかしもいるので、それについては微妙ではあるかもしれないけれど、きっと慣れればどうにかなる……と思うのは私だけなのだろうか。

でも、それができていたなら、とっくの昔に共存している世界になっているはずだとも思うので、そんな簡単な話ではないのだろう。

むむむと悩む私に、ミヅハは小さく笑った。

「……お前は、あの頃から変わらないな」

「え？」

あの頃とは、いつの頃だろうか。

もしや幼い時に似たようなことを口にしたのかと尋ねようとしたところで、「おまちどお様」と神大市比売様が数本の番傘を抱えて戻ってきた。

「うちに入荷しているＫＯＺＯの傘はこの七本になります。お気に召すものがあればいいんですが……」

神大市比売様がひのきでできた展示台に並べた傘を見る。

季節を意識して製作したのか、紫陽花を彷彿とさせる色合いのものが多い。

これならばいけるのではという期待を胸に、私はまず紫色の番傘を手に取った。

「広げてみてもいいですか？」

「ええ、もちろんです」

了承を得て丁寧に傘を開くと、しっかりとした竹の骨組みに貼られた菫（すみれ）色の和紙が花の如く咲く。

描かれているのは金色の花びらと共に舞う二匹の蝶（ちょう）。

「わ、すごく綺麗……！」

「その蝶は夫婦なのだそうですよ」

「そうなんですね！」

猿田彦様と天宇受売様は夫婦だし、おふたりをなぞらえているみたいでいいかもしれないと考えつつ、次に白地の傘を開いた。

こちらはよく見ると薄い水色で万華鏡のような柄が和紙いっぱいに描かれている。

内側からライトで照らせば万華鏡が浮かび上がって、夜の庭園でかなり映えそうだ。

そうして次々と開いていき、購入を決めた番傘は三本。

最初に見た蝶のものと、万華鏡のもの、そして桃色の胴から軒の白へと色を変えていく傘自体が花びらのようなもの。

あとは、傘とは別に華やかな色合いの衝立もひとつ購入させてもらった。

「では、こちらの品々を後ほど天のいわ屋にお送りしますね。夕刻までには鶏たちに届けさせますので」

「はい。よろしくお願いします」

根の堅洲国で使われている通貨で支払いを済ませると、神大市比売様は私とミヅハを見て眦を下げる。

「それにしても、ふたり並んでいるとまるで夫婦のようですね」

「えっ⁉」

驚いて声をあげると、横に立つミヅハも目を丸くしわずかに視線を揺らした。

動揺している私たちに気付いているのかいないのか。

神大市比売様は感慨深げに微笑むと、そのなめらかな頬に手を添える。

「幼い頃は兄妹のようでしたが、今でも変わらずに共にいられるのはいいことですね」

このままでは『結婚はいつですか？』なんて聞かれかねないので、私はとっさに話題を逸らす。

「か、神大市比売様は、須佐之男様と離れて暮らしていて寂しくはないんですか？」

共にいられることをよしとするならば、根の堅洲国に住む夫と離れているのは寂しさを募らせるばかりなのでは。

そう思い尋ねたのだけれど、神大市比売様は満面の笑みを浮かべる。

「いいえ、まっっったく。むしろ楽しんでいますので」

過去最高に力強い声で否定した神大市比売様。

どうやら余計なことを聞いてしまったらしい。

察した私は、「そうなんですね～」とだけ返し、この話も早々に終わらせるつもりだったのだが――。

「だが、須佐之男さんは寂しがっているかもしれない」

淡々とした口調でミヅハが地雷を踏んだ。

水の流れを読むのはうまいが、空気を読むのは下手らしい。

案の定、神大市比売様の笑みが渇いたものに変わった。

「寂しがるなんてあり得ません。須佐之男様には、最初の妻である奇稲田姫様がおそばにおりますから。わたくしは二番目の妻ですので、須佐之男様から特に関心を寄せられてはおりません」

最後の方は明らかに怒気を滲ませていたので、さすがにミヅハも神大市比売様の心を察したようだ。

「そう、なのか」と戸惑いがちに相槌を打つとキャンドルの入った紙袋を手にし、私にチラリと視線を送る。退散しようという合図なのだろう。

このタイミングでどう切り上げればいいのだと突っ込みたくなったが、腕時計を見るとそろそろ店を出るにはいい時間だった。なにせこの後は赤福へ寄るのだ。

「ミヅハ、大変！　次の店に行かないと休憩時間過ぎちゃうかも」

少々わざとらしくはあったけれど、神大市比売様は気に留めもせずいつもの穏やかな表情を見せた。

「あら、それはいけないですね」

「ごめんなさい、慌ただしくて」

「いいえ。またいらしてくださいね。お買い上げありがとうございました」

上品な所作でお辞儀する神大市比売様に、私とミヅハは頭を下げるとそそくさとおいち堂を後にした――。

伊勢名物といえば、いわずと知れた赤福餅。

おかげ横丁に店をかまえるここ『赤福 本店』は、創業三百十年以上。明治十年に建て替えられ、今もなお当時の雰囲気をそのままに、重厚で由緒ある建物が参拝者や観光客を迎えている。お茶を焙じる香りが漂う店内には座敷が広がっており、なめらかなこし餡がのった赤福餅を味わう客でいっぱいだ。

私とミヅハは運よく五十鈴川に面した縁側席に座ることができ、番号札を手に注文した赤福氷を待っている。

「ミヅハは何餡の赤福餅が好き?」

陽の光を受けてきらめく五十鈴川を眺めながら尋ねると、ミヅハは「全部だな」と答えた。

本店から少し離れた場所にある五十鈴川店では、野あそび餅という四色の赤福餅をセットにしたものが限定で販売されている。数に限りがあり、購入の数にも制限があるのだが、定番のこし餡以外に、上品な甘さの白餡、夏場は大豆若葉、冬場はよもぎの緑餡、黒砂糖の濃厚な香りが魅力の黒餡と、ひと箱で四種の味が楽しめるのだ。

「私は断然、定番のこし餡派」

聞かれてはいないけれど答える私に、ミヅハは「知ってるか？」と瞳に五十鈴川を映して問いかける。

「赤福餅は、五十鈴川を表した餅菓子なんだ」

「五十鈴川を？」

「こし餡につけられた三筋は五十鈴川の清流を表現していて、餅は川底に沈んでいる小石をイメージしているらしい」

さすが、天のいわ屋のスイーツ王子。

披露された豆知識に、赤福餅の形を思い出しながらなるほどと感心した。

「じゃあミヅハにとって赤福は縁が深いのね」

「まあ、俺は二代目だけどな」

縁が深いのは、千年以上五十鈴川の水神として祀られ見守ってきた先代だと話すミヅハ。

私は先代の水神様に会ったことはないけれど、母様ととても仲がよかったのだということは母様本人から聞いて知っている。

色々と理由があり、ミヅハに二代目の座を託して死者の住む黄泉の国へと旅立ってしまったために、今はもう、会うことは叶わなくなってしまったということも。

「でも、代替わりがあるとか、神様も大変なんだね」

つぶやいて、しかし他の神様たちは代替わりをしている様子はないことに気付いた時、店員さんの声が、私たちの手にする番号を読み上げた。

「お待たせいたしました。赤福氷と赤福盆でございます」

「ありがとうございます！」

私とミヅハの間に置かれた木製の丸いお盆には、赤福氷がひとつと、赤福餅がふたつのった皿、それから温かい番茶がふたつ。

夏限定の赤福氷はミヅハの分。

私は昨日倒れたばかりなので、一応気を使って赤福餅と番茶がセットになっている赤福盆にした。

ミヅハは目を輝かせながらスプーンを手に取り、綺麗な姿勢で「いただきます」と手を合わせてから、抹茶蜜がかけられたかき氷をすくう。そうしてひとくち口内へと運ぶと、幸せそうに目尻を下げた。

ああ、変わらないなと、幼い頃のミヅハを思い出す。

満面の笑みを浮かべる……というのは見られなくなったけれど、私は昔から、このミヅハの幸せそうな顔が好きなのだ。

こちらまで頬が緩まるのを感じながら、私はお箸を持つと赤福餅をひとつ頬張る。

作り立ての餅はなめらかでやわらかく、こし餡のしっとりとした舌ざわりと絶妙にマッチしていて最高だ。

「これぞ本店でのみ味わえる至福……」

お土産の赤福餅も美味しいけれど、作り立ては別格で、一度食べたら忘れられない。

伊勢参りに毎年訪れるという参拝者に、必ず赤福餅を食べて帰るという人が多いのも納得だ。

この赤福餅の後にいただく番茶も香ばしく、口の中をさっぱりとさせてくれる。

ふたつめの赤福餅の絶妙な美味しさに舌鼓(したつづみ)を打っていると、ミヅハもかき氷の底に隠れている、特製のこし餡と餅を堪能しているところだった。

「冬の赤福ぜんざいも食べに来ようね」

「ん」

食べることに忙しいミヅハが短く答えて、私は番茶を飲みながらホッとひと息つく。

冬にぜんざいを食べに、また赤福へやってくる。

その頃、私とミヅハは結婚しているのだろうか。

そういえば、先ほど神大市比売様は二番目の妻であることを気にしていた様子だった。

私はあまり詳しくないけれど、神様は一夫多妻制が普通なのだろうか。

今、赤福氷を心置きなく堪能しているミヅハも、私と結婚した後、別の女性を娶(めと)るという可能性があるとしたら。

「……それは嫌だな」

思わずこぼしてしまった声を拾ったミヅハが、私を見る。

「なにがだ？」

「え、あの……ほら、神大市比売様の話を聞いて、神様って一夫多妻制なんだよねと」

と、そこまで口にしてから、正直に話しすぎたと気付いた。

前の『嫌だな』と繋げれば、簡単に『神様って一夫多妻制なんだよね。それは嫌だな』のできあがりだ。正確には『ミヅハが一夫多妻制にしたら嫌だな』なので、話しすぎてはいないのだが。

しかし、明治時代の一夫多妻制の頃に生きているならともかく、私は平成生まれ。現代に生まれた日本人女性としては至極当然の意見として捉えてくれるだろうなどと考えていれば、ずいっと私の前に銀色のスプーンが差し出された。

「ん」

「な、なに？」

「ん」

よく見ると、スプーンにはかき氷とこし餡がのっている。

くれるということなのだろうが、なぜこのタイミングなのか。

まさか、尋ねておいて、かき氷に夢中で聞いていなかったというオチなのでは。

「溶ける。早くしろ」

急かされ、慌てて口を開けるとキンと冷えたかき氷が口内でじわりと溶けた。抹茶と氷になじむこし餡の相性が抜群で、ほっぺたが落ちるという表現がぴったりだ。

「うまいか？」

「めっちゃ美味しい」

上品な甘さに頬を押さえて頷くと、ミヅハはもうひとくち私の口に氷を運ぶ。

あむりと遠慮なく食(は)んだところで、瑠璃色の瞳が少しやわらかさを持っていることに気付いた。

「余計な心配はしなくていい。寂しく思う必要はないと言っただろ」

どうやらバレているらしい。

『ミヅハが』とは決して声にしていなかったはずなのになぜと考えている合間にも、

私の頬は羞恥に赤く色づいていく。

「どうして言いたいことがわかったの？」

「いつきのことならわかる。顔に出るし、単純だからな。うまいものを食べれば、気持ちがすぐに上向くくらいには」

「うっ……」

悔しいが否定はできない。

私は昔からうまく取り繕うことやポーカーフェイスというものが得意ではなく、むしろ得意であったなら学生時代に『あいつ、ひとりで木に向かってしゃべってたぞ。気持ち悪いな』などと言われるような事態にならなかったはずだ。

それにしても、ミヅハの態度が変わったと感じるのは気のせいではないだろう。

母様に婚姻を結べと言われたから……というのは、少し違う気がする。

なにせ、朝の彼は、余計なことは聞くなというアピールを存分にしていた。

その後、昼食時に休憩室で会った時も、特にこれまでと接し方は変わらなかった。

ではいつからだろうかと、脳内で時間を巻き戻して辿り着く。

そうだ。おはらい町を歩きながら、結婚について話してからではなかったか。

今もミヅハが言っていた。寂しく思う必要はないと。

それはキャンドルショップに入る前にも告げられた言葉だ。

もしかして、結婚に戸惑う私に気を遣ってくれているのか。

しかしそれだと、少なからずミヅハは結婚を前向きに考えているということになる。

そうでなければ、あとは赤福氷の甘さに心まで甘くなったとしか思えない。

いやでも赤福に入る前も言っていたし、つまりどういうことだと半ば混乱している間に、赤福氷を完食したミヅハがスプーンをお盆に戻した。

「ごちそう様でした。土産、今なら人が少ないから並ぶぞ」

「う、うん」

空になったお椀に向かい、綺麗に手を合わせたミヅハが立ち上がるのに合わせ、私も腰を上げる。

結婚話が持ち上がってからミヅハに振り回されている気がしてならないが、土産の列に並ぶ彼の横顔は憎らしいほどにいつも通り涼しい。

なんだか少し悔しい思いを抱えた直後、先ほどの言葉が『いつき以外は娶らない』と言っているのだと悟り、顔がじわりと熱を帯びていく。

時間差でまたもミヅハに振り回される私は、こっそりと深呼吸を繰り返し、暴れる心臓を宥(なだ)めていた。

【三章】理想の夫婦に魅せられて

――頬を伝う涙がぽたりと落ちて、十二単の衣を濡らす。

御簾の隙間から差し込む月光を受け、〝私〟は声を殺して泣いていた。

吹き込む夜風に高燈台の火が揺れると、床に伸びる三つの人影も揺らめく。

そのひとつが、頭をがしがしとかいた。

『姫さん、そんなに泣くなよ』

『ここはそんなにつらいか』

聞き慣れたふたりの声に〝私〟は迷いなく頷く。

『つらいわ。広い部屋も、立派な着物も、豪華な食事もいらないから、村に帰りたい』

もとの生活に戻りたいと切望する〝私〟に、大きな影の頭が無言でうつむいた。

その隣に座る影もまた、悲し気に肩を落とす。

『……会いたいんだな、あいつに』

『会いたいわ……とても、会いたい』

尽きることのない寂しさに、〝私〟の唇がここにいない〝彼〟の名を紡ごうとして開いた。

顔を上げると、〝私〟を心配するふたりの姿が飛び込んでくる。

頭に布を巻いた青年と、大きな体躯を持つ猫耳の青年。

それが誰であるのかを認識した刹那、テレビのコンセントを乱暴に引き抜かれたかのように、すべての音と景色が暗闇に消えた。

〝私〟が私の意識へと切り替わり、急速に現実へと浮上する。

パチリ、目を見開き、天井を見つめて数秒後。

「カンちゃんと、大角さん？」

夢の中に出てきたふたりの名を口にした。

今より十歳ほど若いような感じはしたが、確かにカンちゃんと大角さんだった。

服装も天のいわ屋でよく見かけるようなものではなく、かなり昔の庶民が纏う無地の小袖と袴姿だと記憶している。

思い返せば、〝私〟も十二単を着ていたので時代は平安あたりだろうか。

しかし、なぜそんな夢をと体を起こしたところで、昨夜のことを思い出す。

仕事が終わってから母様の見舞いに行き、働けず暇だという愚痴を聞きながら、一緒に観ていたのが時代劇だ。そのドラマは戦国時代ものだったけれど、影響を受けていたのだろう。

布団から出た私は、出勤の準備をすべく洗面台の前に立ち、ぬるま湯を捻り出した。

ゴボゴボと排水口へと水が流れる音を聞きながら顔を洗い、柔軟剤の香るタオルで水分を拭う。

なぜだろう。夢の内容が頭から離れない。

この感覚は、貧血で倒れた際に白昼夢のようなものを見た時と同じだ。

「そういえば、男の人だった、よね」

もしかして、白昼夢で見た〝彼〟と、夢の中の〝私〟が会いたいと願っていた〝彼〟が同一人物などということは……。

「さすがにないか」

鏡越しにこざっぱりとした自分の顔を見つめ自嘲すると、気合を入れるために両手で頬を叩いた。

気持ちを切り替えるように息を吐いて、歯ブラシを手に取ると支度を再開させる。

さあ、今日もお客様をもてなすべく頑張ろう。

夕星さんと朝霧さん、そしてミヅハと共に宿の玄関先に並んで頭を下げる。

感謝の気持ちを込めて「ありがとうございました」と伝え、お客様が見えなくなるまで手を振った。

天のいわ屋は人には見えない宿だけれど人の世にあるため、時間は現世に合わせて動いている。

チェックアウトは現世の十一時で、次のお客様のチェックインが十五時。

通常はこの間に中抜け休憩が入るのだが、今日に限っては休憩返上で働くのだ。

猿田彦夫妻をもてなすべく、天河の間の庭園を改造するからだ。

とはいえ、腹が減ってはなんとやら。

休憩室で豊受比売様の作るまかない料理を前に、私はパチンと手を合わせた。

「いただきます！」

本日のメニューは〝てこね寿司〟だ。

こちらも伊勢うどんと同様、伊勢の名物料理で、もとは志摩の漁師がとれたカツオを船上でさばき、醤油に漬け、持参した酢飯に『しゃもじがねぇから手でやっちまうか』と手でこねたことからその名がついたとか。

ちなみに、てこね寿司といえばカツオが定番なのだが、現在はマグロや白身魚、伊勢海老などバリエーションも豊富だ。

豊受比売様はカツオとマグロの二種類を用意していてくれて、私はマグロをチョイスした。隣の席に腰を下ろすミヅハはカツオを選択したようだ。

桶の中にぎっしり敷き詰められた肉厚なマグロの上には、ゴマと海苔がかかっている。

ひと切れ箸で掴んでぱくりと頬張ると、漬けダレのほどよい甘さとゴマや海苔の風味が広がった。噛めばあっという間に脂ののったマグロが、口内でとろける。

「ほっぺまで一緒にとろけちゃいそうなくらい美味しいです、豊受比売様〜！」

「あ、ありがとうございます〜」

簾の向こうからかわいらしい声が返ってきた直後、シャッター音が聞こえた。

「映え〜」という満足げな豊受比売様の声も続いたが、あえて突っ込まずに食事を楽しむことに専念する。

一緒に出てきた赤だしのお味噌汁も、出汁がしっかりと効いていて絶品だ。

一休みしたところで、もう一切れ、今度は酢飯と一緒にいただくと、爽やかな酸味と漬けダレの甘みに加え、マグロの旨味も同時に味わえて箸が止まらない。

黙々と食べているミヅハも、きっと同じ状態なのだろう。

なめらかな食感のマグロを堪能しつつ、最後まで美味しく食べきった。

「ごちそう様でした！」

「ごちそう様です」

ミヅハも同じく食べ終えて、同時に手を合わせる。

簾の向こうから「おそまつ様です〜」と控えめな声が聞こえると、私たちは食器を戻して立ち上がった。

「それじゃ、準備に入ろうか？」

「ああ。納戸から昨日買ったものを持ってくるから、先に部屋に行っててくれ」

「わかったわ」

いよいよ猿田彦様と天宇受売様に気に入っていただける庭園に改造すべく、私は一階にある天河の間へと移動する。

よく磨かれた廊下を歩き、中庭を横目に進むと天河の間に到着。

向かい側の従業員用の扉を開け、しまってある掃除用のワゴンを引き出した。

客室の玄関扉は二重構造になっており、格子扉をスライドさせてから内側にある鍵付きの玄関扉を押し開ける。

まずはいつもの手順で清掃を開始。玄関でスリッパを整え、ワゴンからはたきを取り出すと、げた箱の上のほこりを払う。

そうして、私はこれまたいつも通りに口を開いた。

「耳を澄ませて聞いてごら～ん、はたきの魂が～叫んでる～。ぴかぴっかーのぺっこぺこ～」

「なぜぺこぺこなんですか!?」

気持ちよく歌いながら手を動かしていたら、廊下からひょっこりと豆ちゃんが顔を出し、心臓が驚きに跳ねる。

「わぁっ!?　ま、豆ちゃん」

「掃除してお腹が空いたという解釈ですか？」

「え、ど、どうかな。はたきの魂がぺっこぺこって叫んでるだけで深い意味は……」

「魂！　じゃあ、はたきの付喪神の心ですね」

なるほどと手を打つ豆ちゃんは、じっちゃんだかばっちゃんの名にかけて謎を解明したかの如く瞳を輝かせた。

「その面妖な歌、もしかして現世で流行っているんですか？　一昨日、若旦那も歌ってたんです」

豆ちゃんの言葉に、そういえばとさくちゃんへのお土産を手に内宮さんに寄った時のことが脳裏をよぎる。

『ところで、いつき様』

『なに？』

『先ほど宿で耳にしたんですけど、ミヅハの若旦那が、なにやら面妖な歌を』

話している途中でさくちゃんに会えたために、流されてしまっていた話題が面妖な歌についてだったはず。つまり、ミヅハがこの歌を歌っていたということだ。

彼が歌っているところなど見たことも聴いたこともなかったので、内心驚いていたのだが、まずは豆ちゃんの質問に答える。

「面妖なつもりは微塵もないけど、この歌は母様と私が作ったの」

「瀬織津姫様といつき様が作った歌なんですか⁉」

「そう、今のは〝お掃除はつらいよ～はたきよ、気合を入れろバージョン～〟ね」

「他のバージョンもあるんですね⁉」

目を丸くした豆ちゃんは、縞模様の尻尾までピンと立てて興奮している。

母様と作った歌はいくつかレパートリーがあり、掃除に関していえば〝お掃除はつらいよ～掃除機の人生～〟と〝お掃除はつらいよ～ぞうきんの華麗なる一日～〟があり、その他にも料理をする際に歌う〝料理天国〟というシリーズもある。

もともとは、両親を失い元気をなくした私に、母様が『歌うと楽しい気分になるんだよ』と明るい声で歌い、私の世話をしていてくれたことが始まりだ。

私を笑わせるような歌詞を作って、散歩に連れ出してくれたり、一緒にお風呂に入ったり。

その後もなんとなく歌い続けている次第なのだが、まさか通りすがりの豆ちゃんに聞かれるとは思わなかった。

お客様には聞かれないように気をつけているつもりだったし、声のボリュームも抑えていたのだけれど、これからはもう少し気をつけようと心に誓う。

「それで、豆ちゃんはどうしたの？　出かけるところ？」

尋ねたものの、出かけるならば玄関はこちらではなく反対の方向だ。

中庭を散策するにしても、こちら側ではない。特別室である天河の間と暁天の間付近は、あまり人が行き交うことのない造りになっているのだ。

豆ちゃんは特別室ではなく二階の一般客室に滞在しているので、本来、こちら側にはまったく用事がないはず。

首をかしげていると、彼は「いつき様の姿が見えたので、お加減はどうかなと伺いに」と眉を下げた。

どうやら体調を心配してくれていたらしい。

「ありがとう。もう大丈夫よ。昨日は問題なく動けていたし」

はたきを手に微笑んでみせるも、豆ちゃんの目は気遣いを滲ませたままだ。

「でも、少し心配です。よかったら僕もお掃除お手伝いしますよ！」

「えっ、でもこれは私の仕事だし」

「僕はいつき様のお役に立ちたいんです」

けなげな瞳で見つめられ、胸がキュンと締めつけられた。

しかし、豆ちゃんはお客様。いくら常連で、天のいわ屋の従業員と仲がいいとはいえ、さすがに掃除を手伝ってもらうのは……と悩んでいる間に、豆ちゃんは頭に瑞々しい緑の葉をのせると「ドロン！」と叫んだ。

ボワッと弾けるように現れた煙が豆ちゃんを覆い、やがて現れたのはひとりの少年。銀にも似た白色の髪と、黒目がちな瞳。筒袖の衣に膝丈の袴を纏っているが、尖った耳と丸みのある尻尾はそのままなのが愛らしい。

「さあ、やりましょうか！　指示をお願いします、いつき様」

やる気満々といった笑顔を向けられては断るのも申し訳なくなり、私は「じゃあ、少しだけお願いします」と頭を下げ、共に掃除に取りかかった。

その後、キャンドルや和傘などの小道具を持ってきたミヅハが合流し、室内の掃除が落ち着いたところでいよいよ庭園の改造に着手する。

寝具の替えなどを持ってきてくれた大角さんと、大浴場の清掃を済ませたカンちゃんもやってきて、手伝ってもらいながら順調に庭園を飾りつけていく。

「いつき様！　このキャンドルはこの辺りでいいですか？」

「うん。ありがとう豆ちゃん」

「衝立はどこに置く？」

大角さんに尋ねられ、広い濡縁まで下がり全体を見渡しバランスを見た。

「右側の灯籠の隣あたりでお願いします」

「わかった」

倒れたりしないよう、慎重な手つきで衝立を置いた大角さんに礼を伝えてから、思いのほか衝立の色味が強いことに気付く。

「んー」と小さく唸っていると、水に浮かべるための紫陽花を運び入れていたミヅハが隣に立った。

「どうした？」

「あの衝立の後ろ、キャンドルの灯りだけじゃ弱そうかな？」

衝立の後ろから光を当て、絵柄を引き立たせたかったのだが、高さもそこそこあるのでどうにも微妙そうだ。

ミヅハは「そうだな……」と衝立を眺め、その視線を私へと移す。

「もう少し強い光を当てた方がよさそうなら、夕星に声をかけるが」

夕星さんに狐火を出してもらってそれを燭台に灯し、後ろから照らすという寸法だ。

普通の蝋燭よりも狐火の方が遥かに明るい。

ならば頼んだ方がよさそうだとふたりで判断し、フロントに行くついでに伝えてくるというミヅハに礼を述べつつ任せた。

ミヅハが天河の間から出ていくと、入れ替わりで大きなガラス鉢を手に抱えたカンちゃんが濡縁に立つ。

「あれ？　若旦那は？」

「夕星さんのところに行ってくれてるの」

衝立の件について説明すると、カンちゃんは「なるほど」と口にしつつ、ガラス鉢を濡縁に置くと豆ちゃんを呼んだ。

「豆吉、休憩の茶菓子を部屋に置いてきたから、ひと息入れていいぞ」

「わぁ、ありがとうございます！　実は喉が渇いてて。少し休憩したらまた手伝わせてください！」

まだまだやる気に満ちている豆ちゃんに、私が「そのままゆっくりしてても大丈夫だよ？」と勧めるも、彼はブンブンと左右に首を振った。

「言ったじゃないですか。いつき様のお役に立ちたいんです。ではまた後で！」

深くお辞儀してから生き生きとした様子で客室を出ていく豆ちゃんの背中を見送っていると、カンちゃんが微笑ましそうに笑う。

「相変わらず懐かれてるなぁ、姫さん。豆吉を助けてからもう何年だ？」

「ん――……三年？」

そのくらいだったかなと適当に答えてみると、鉢に水を注ぐためにホースを手にした大角さんが「いや」と低く落ち着いた声で訂正した。

「四年だ。いつきが高校に上がる年の春だった」

ああ、そうだった。懐かしい。

四年前、あと数日で高校の入学式を控えていた私は、北国から宿泊に来ていた寒がりな雪女の銀花さんたっての要望で、郵便局から大量の使い捨てカイロを送った。

身軽になった帰り道。狸姿で具合が悪そうに歩いている豆ちゃんを見つけた直後、彼はふらりとよろけて車道へ出てしまったのだ。

多くのあやかしは幽霊のように物や壁を通り抜けたりはできない。

車に轢かれたら死んでしまうと焦り、間一髪で助けに飛び出した。

そのことがきっかけで、豆ちゃんは天のいわ屋に何度も通い、私に懐いてくれるようになった。

ただ、下手をすれば私が死んでいたのかもしれないと、母様やミヅハだけでなく、従業員皆に叱られた記憶がある。

命あっての物種。幼い頃にせっかく助かった命を、どうか無下にするな、と。

あの時は、いつもは笑って励ましてくれるカンちゃんも、温かく見守ってくれる大角さんも厳しい顔をしていた。

ごめんなさいと謝る私に、本当に生きていてくれてよかったと悲しそうに笑って許してくれたけれど、その表情はあの夢に出ていたふたりのものに似ていた気がする。

「あ、もしかして、その記憶と時代劇が混ざったのかな？」

つい声にしてしまった疑問に、カンちゃんが「なんの話だ？」とガラス鉢を布で拭きながら首を捻った。

「カンちゃんと大角さんが夢に出てきたの」

「おっと。夢に見てくれるなんて、姫さん、オレのこと好きす……」

「どんな夢を？」

わざとカンちゃんの言葉を遮った大角さんに、小さく笑ってから夢の内容を話す。

平安時代の貴族が住むような屋敷で、月夜の晩に十二単を纏う私が泣いていたこと。

その傍らに、カンちゃんと大角さんが座っていて……。

『姫さん、そんなに泣くなよ』

『ここはそんなにつらいか』

そう言って、私の気持ちに寄り添おうとしてくれていたこと。

それから……。

「私が言うの。広い部屋も、立派な着物も、豪華な食事もいらないから、村に帰りたいって。会いたいって恋しがるの」

言葉にすると、途端に胸が切なく締めつけられた。

ただの夢なのに、まるで私が本当に会いたいと求めているような感覚。

たまらずにはっと息を吐いたところで、ふたりが目を見張って私を見ていることに気付いた。

「な、なに？　どうかした？」

まさかそんな反応が返ってくるとは予想もしておらず戸惑って聞くと、カンちゃんは瞳を忙しなく揺らす。

「いや……なんつーか、なぁ、大角」

「……今までに、そのような夢を見たことは？」

助けを求めるようにカンちゃんに視線を送られた大角さんから、またも予想外な質問を受けて、私は頭を振った。

「ない……あ、この前倒れた時に、男の人は見たかな」

シルエットのみだけれど、月を背にこちらへと手を伸ばす〝彼〟。

その〝彼〟のことを、私ではない〝私〟が知っているような不思議な感覚があったと、正直に話した。

するとまた、カンちゃんと大角さんは眉を少しだけ寄せる。

「姫さん……その話、若旦那には？」

「ニャッ！　干汰、待て」

大角さんは興奮するとニャという鳴き声が出てしまう体質だ。久しぶりに聞いたが、今回は『おい！』というところだろうか。

なにやら咎められたカンちゃんは「大丈夫だって」と手で制止すると、会話の続きを促すように私を見た。

「えっと、ミヅハには話してないけど」

「そっか。なら、オレから言えるのはこれだ。夢の中のオレも、今のオレも、ずっと変わらず姫さんの味方だ。大角もそうだろ？」

「ああ……」

「ずっと、変わらず？」

夢の中のカンちゃんと今ここにいるカンちゃんは別ものだ。

ずっと、という言葉は、続いている物事に対して使う言葉なのではと、その違和感に首をかしげる私に、カンちゃんは微笑んで頷いた。

「そそ。てか姫さん、早くやっちまわないと猿田彦さんたち来ちゃうぜ」

「あっ、そうね！　大角さん、鉢にお水張ってもらっていいですか？」

「わかった」

腑に落ちない点はあるものの、今優先すべきは目の前の仕事だ。

カンちゃんが綺麗にしてくれたガラス鉢を受け取って庭園に置くと、大角さんが水を注ぎ始める。

「オレはあとふたつガラス鉢持ってくるよ」

「うん。お願いします」

カンちゃんが納戸へ向かうのを見送ると、私は「よしっ」と気合を入れる。

そうして、猿田彦様と天宇受売様に喜んでもらえるようにということだけを考えて、鮮やかに咲き誇る紫陽花を水に浮かべていった。

「いらっしゃいませ、猿田彦様、天宇受売様。お待ちしておりました」

ミヅハの凛とした声が、二柱の神を迎える。

天のいわ屋の玄関口で、ミヅハと夕星さんと共に並ぶ私は頭を垂れた。

庭園の改造が終わり、天河の間の支度が整ったのは、おふたりのチェックイン予定時刻十分前。

間に合ったことに安堵するも、部屋を気に入ってもらえるかという不安と緊張感は胸に残ったままだ。

天宇受売様が、アイドルの如くかわいらしい顔に笑みを浮かべる。

「こんにちは～。あれ？　瀬織津姫は？」

いつもは女将である母様もお客様を迎えるため、共に立っていないことを不思議に思ったのか、天宇受売様は人差し指を頬に添えて首をかしげた。

「女将はしばらく休みをいただいています」

ミヅハが伝えると、天宇受売様が眉を下げる。

「体調が思わしくないらしいって噂で聞いてたけど、心配ね、猿田彦くん」

彼女の隣に立つ猿田彦様は、長い鼻をつけた赤い半面のお面をかぶっている。

一見すると天狗のようなその面は、人見知りが激しく臆病な性格ゆえにつけているのだとか。

それでも、以前よりかはマシになったと教えてくれたのは母様だ。

猿田彦様は、口を引き結ぶとゆっくり頷く。

「はい、とても。僕に治癒の力があればよかったのですが……」

心苦しいとばかりに手で着物の袷（あわせ）を軽く掴んだ猿田彦様に、天宇受売様は「もう」と唇を尖らせ腰に手を当てた。

「たとえ治癒の力があっても、今の猿田彦くんじゃ危険よ」

その通りだと天宇受売様に共感し、私は二度首を縦に振る。

お面から見える部分は頬より下だけれど、明らかに今の猿田彦様の顔色は悪く覇気（はき）もない。多忙を極め、疲労が蓄積した結果なのだろうが、これでは確かに天宇受売様が癒してあげなければと必死になるのがわかるというもの。

神鶏を使って天宇受売様とやり取りをしていた夕星さんは、特にその切実さを理解しているのだろう。美しい微笑みを浮かべると、「そうですよ」と物腰やわらかく頷いた。

「女将のことは心配なさらず、どうぞ天のいわ屋でゆっくりとお過ごしください」

「ええ、ありがとうございます」

少し弱々しくはあるものの、猿田彦様は口元に笑みを見せて疲れを逃がすように息を吐いた。

私が「荷物をお持ちしますね」とおふたりの荷物を受け取ると、夕星さんは一礼して私に接客を託す。

そうしてご案内すべく歩きだそうとした時、ミヅハは私が持つ荷物に手を伸ばした。

「俺が持つ」

きっと、体調を気遣ってくれているのだろう。

特に問題はないのでいつもなら断るところなのだが、今はお客様の前でこれはお客様の荷物だ。

気持ちよく過ごしてもらうための宿で、嫌な思いをさせてしまったり、変に気を遣わせてしまっては、天のいわ屋の一員として失格。

申し訳なく思いながらも「ありがとう」と小声で伝えると、ミヅハは双眸を優しく細めた。

その表情に、心臓が強く跳ね上がる。

本当に、婚姻の話が出てからというものミヅハの態度には戸惑うばかりだ。

荷物をミヅハにお願いし、密かに深呼吸をする。

次いで、歩きながら微笑みを湛え、猿田彦様と天宇受売様を振り返った。

「昨日ご説明があったかと思いますが、本日のお部屋は暁天の間ではなく天河の間となります」

「うん、聞いてるよ～。暁天の間に劣らないくらい、庭園を素敵にしてくれるって話だったよね」

「なんだか僕らのためにお手数かけさせてしまい、申し訳ないです……」

楽し気な天宇受売様とは対照的に、肩を小さくして恐縮する猿田彦様。

まったく正反対な性格のおふたりだけれど、つい頑張りすぎてしまう猿田彦様には、明るく前向きにフォローしてくれる天宇受売様がお似合いだとつくづく思う。

気を遣う猿田彦様に、私は小さく首を振った。

「いえ、おふたりに少しでも安らいでいただければとこちらが勝手にしたことなのでお気になさらないでください。むしろ、いつものお部屋をご用意できなかった上、ご満足いただけなかったら私の方こそ申し訳ないです」

提案した者として、不安がずっとつきまとっている。昨夜も、準備が間に合うのか、喜んでもらえるだろうかと考えていたら寝不足になってしまったほどだ。

どうか少しでも気に入ってもらえますようにと、誰ともなしに祈りながら天河の間の扉を開いた。

「どうぞお入りください」

天河の間の部屋は、暁天の間の間取りとほぼ同じだ。露天風呂や洗面所などの配置は違えど、広さは変わらない。

小さな台所と冷蔵庫が設置されている六畳の踏み込みを抜ければ、畳の香りが広がる十畳の和室がふたつと、二畳ほどの書室がひとつ。

天宇受売様は「本当にこっちの部屋も暁天の間と変わらないんだね」と笑顔を見せたところで、あえて閉めておいた庭園へと続く窓のカーテンに気付いた。

「この奥が庭園だよね？」

問われて、いよいよこの時がきたのだと、私は緊張しつつ頷いてみせる。

「わあっ、猿田彦くん、見てみようよ！」

「は、はい」

無邪気な天宇受売様に促され、猿田彦様も期待に満ちた笑みをこぼした。

浴衣やタオルなどを収納した押し入れの前に、預かっていた猿田彦夫妻の荷物を置いたミヅハがカーテンの前に立つ。

どうやら手伝ってくれるようで、私が左側のカーテンに手をかけると、ミヅハは右側に手を添えた。

頷き合い、同時にカーテンを引いて開ける。

ふたつの和室に沿って伸びる濡縁の奥、広がる庭園の景色を目にしたおふたりは目を見張った。

三つの大きく丸いガラス鉢に詰まった白と青の紫陽花。

風鈴を彷彿とさせるそれは涼し気で、開いて並ぶ番傘との相性も考えて配置した。

銀の花びらが散る薄紫色の衝立は、まだ夕星さんの狐火に照らされてはいないけれど、太陽の下にあっても華やかさは失われていない。

紫陽花との色合いもいいと思い、用意したのだが。

「ど、どうでしょうか？」

夜が訪れるとキャンドルに火が灯されてまた景色も変わるが、昼の庭園も果たして気に入ってもらえているだろうか。

胸の前で祈るように合わせた手に力をこめる。

猿田彦様と天宇受売様は数歩踏み出し、そろって濡縁に立たれた。

天宇受売様が瞳を輝かせる。

「すっっっごく素敵っ！」

興奮した声で褒めた天宇受売様の隣で、猿田彦様も喜びに満ちた瞳をミヅハに向けた。

「こんなに飾っていただいて、皆さん大変だったでしょう」

「お気になさらず。心ゆくまで堪能し、寛いでいただければ幸いです」

天のいわ屋の若旦那らしく、おもてなしの心を第一に伝えるミヅハに猿田彦様は「ありがとうございます」と眦を下げた。

「ねえねえ、若旦那。この庭園って誰のアイデアなの?」

「いつきです。猿田彦様は、暁天の間の庭園で天宇受売様の舞を鑑賞するのを、毎回楽しみにしていらっしゃるからと」

ミヅハが答えると、天宇受売様は華奢な美しい手で、感極まったように私の両手を包む。

「こんなに素敵な庭園で舞えるなんて嬉しい！　ありがとね、いつきちゃん」

天宇受売様の花が咲く如くかわいらしい笑顔が間近に迫る。手放しで褒められて面映ゆく感じながらも、気に入ってもらえたことに胸を撫で下ろした。

「喜んでいただけて、私も嬉しいです」

「いつもは人の願いを叶えるばかりの私たちだけど、今回は人であるあなたがこうして私たちのためにアイデアを出して、疲れを癒したいという願いを叶えてくれた。本当に嬉しいわ」

「では、僕らにとっては、いつきさんは神様ですね」

「ええっ⁉」

「そうね！　フフッ。ねぇ、いつき様。庭園のお礼に、どうぞ今宵、私の舞を見に来てはくれませんか？」

かしこまった口調で言いながら、天宇受売様はまるで舞うような所作で膝を曲げて頭を下げる。

「あっ、天宇受売様の舞を⁉　とても嬉しいお誘いですけど、お気持ちだけで十分です っ。貴重な時間をどうぞおふたりでお過ごしください」

神楽や芸能の神である天宇受売様の舞は、滅多に拝めるものではないのでお誘いは非常に魅力的だ。

しかし、庭園はおふたりの寛ぎの時間のために作ったもの。

お邪魔したくはないので、ありがたく思いつつお断りさせてもらったのだが。

「遠慮なさらず。せっかくこんなに趣のある空間をしつらえてくださったんです。彼女の舞をぜひ、天のいわ屋の皆さんにも見ていただけたら僕も嬉しいです」

猿田彦様にまで誘われてしまって、いよいよ断りづらくなってしまう。

チラリとミヅハに視線を送ると、彼は静かにひとつ頷いた。

おふたりの感謝の気持ちを受けるように、と。

「本当にいいんですか？」

「もちろん！　観客は多い方が私も踊り甲斐があるし、ぜひぜひ！」

天宇受売様が心から喜ぶように賛成し、ミヅハの許可が下りたことで私の気持ちもすっかり前を向く。

舞を見せてもらえるという嬉しい気持ちが顔に出てしまい、満面の笑みで一礼した。

「ありがとうございます。楽しみにしてます！」

私の隣に立ったミヅハもまた頭を下げ、後ほど夕食と共にキャンドルを灯すことを告げると、私たちは天河の間から退出したのだった。

——ゆったりとした太鼓のリズムに合わせ、神楽笛の落ち着いた深みのある音色が、幻想的な庭園に響き渡る。

空にあった青さはすっかりと夜の色に姿を変え、普段は灯篭の灯りのみに照らされている天河の間の庭園には、キャンドルの火が揺れている。

番傘の後ろで優しく燃える炎は、色やデザインを艶やかにアピールし、衝立は夕星さんの狐火を灯す燭台のおかげで、美しい姿で佇んでいる。

庭を飾るすべてのものが、優雅に舞う天宇受売様の魅力を一層際立たせていた。

「綺麗……」

濡縁に腰掛け感嘆の吐息を漏らす私の隣に、そっとミヅハが座る。

「お疲れ様。母様は？」

「来客があるから遠慮するそうだ」

母様を呼びに行っていたミヅハに尋ねると、彼はゆるりと頭を振った。

「来客？　こんな時間から？」

そろそろ二十一時を回る時刻だ。

夕食の片づけも落ち着き、宿の業務はフロントを残すのみ。ゆえに、猿田彦様と天宇受売様から招待を受けた従業員は皆、この天河の間に集まっているのだ。

編み込んだ長い髪に紫陽花を飾り、軽やかに舞う天宇受売様を見つめながら、母様に来客とは一体誰なのかと首をかしげる。

こんな時間だ。近しい間柄の相手が、見舞いに訪れるのかもしれない。

邪魔はしないようにして、明朝、母様に誰が来ていたのか聞けばいいだろう。

今は天宇受売様の舞を堪能しなければもったいない。

「おふたりさん、お茶をどうぞ」

色っぽい声が背後からして振り返ると、朝霧さんが丸いお盆を手に微笑んでいた。

手渡された湯呑から立ち昇る緑茶の香りが鼻をくすぐる。

「この前ね、おはらい町で、伊勢茶の詰め放題してきたの。これは深むし茶よ」

伊勢茶は三重県で生産されたお茶のことで、深むし茶とは、お茶の名前ではなく、煎茶の製造工程にて蒸す時間が一般的なお茶よりも長いものを指す。

深むし茶は上級茶らしいので、天宇受売様の舞を鑑賞しながら飲むならまた格別だろう。

「朝霧さん、ありがとう！」

「どういたしまして。はい、若旦那も召し上がれ」

「ありがとう」

ミヅハの礼に「どういたしまして」と微笑むと、朝霧さんは他の従業員にもお茶を配りに回った。

舞を楽しむ従業員の中には、掃除や飾りつけを手伝ってくれた豆ちゃんの姿もある。まだ人型のままで過ごしている彼は、少し興奮した面持ちで瞳を輝かせながら天宇受売様を一心に見つめていた。

神話で有名な天岩屋戸の前で舞い、閉じこもった天照様の興味を引く手助けを担った女神、天宇受売様。

今までは演奏者の手配をするのみで、舞う様子を見たことはなかった。

今回、庭園を気に入ってもらえたおかげで、人の身でありながらこうして舞を鑑賞することができるのは本当に幸運だ。

夢見心地で湯呑に口をつけると、渋みの抑えられたまろやかでコク深い味が広がる。

なんて贅沢(ぜいたく)な時間。

今から猿田彦神社に走り、お賽銭(さいせん)箱にたくさんお金を投げ入れたい気分だ。

天宇受売様の舞を眺める猿田彦様の横顔も幸せそう。

口元しか見えないけれど、微笑んでいるから八割くらいは間違いないと思う。

やがて演奏がやみ、天宇受売様の纏う羽衣がふわりと地に落ちると、一斉に拍手が送られた。

私も湯呑を置き、皆に負けじと両手を何度も叩き合わせる。

天宇受売様は「ありがとう！」と私たちに手を振ってから、猿田彦様のもとへと踏み出した。迎える猿田彦様は、とても満足そうに口元を綻ばせ、「やはりあなたの舞は僕を癒してくれます。ありがとう」と、愛し気な声で伝える。

はにかんで夫に抱きつく天宇受売様。

仲睦まじいおふたりの姿に、私まで頬が緩んでしまう。

「素敵な夫婦だね」

思いやりを持ち合い、笑みを交わし合い、互いに互いが唯一なのだとわかるふたりは、私にとって理想の夫婦像かもしれない。

そう思ってなんとなく言葉にすれば、隣で静かにお茶を飲むミヅハが「いつき」と私を呼んだ。

「ん？」

「俺は、須佐之男さんじゃない」

「ん？　うん。そう……だね？」

なぜいきなり当たり前のことを言っているのか。

ミヅハはミヅハで、須佐之男様ではないことくらい知っている。

なにが言いたいのか見当もつかずにいる私に、彼はさらに続ける。

「婚姻を結ぶのはひとりでいい。他の者を娶りはしない」

その言葉で、ようやく気付く。

心から想い合っている猿田彦様と天宇受売様のふたりを、私が素敵だと口にしたからだ。

昨日の一夫多妻制の話で私は愚痴をこぼし、今は憧れの眼差しでふたりを見ていた。だから、昨日よりもはっきりと、不安を取り払おうとしてくれているのだ。

理解した私は、小さく頷き顔を隠すようにうつむいた。

頬が、熱い。

「俺には、いつきだけでいい」

「ど、どうしちゃったの。ミヅハ、婚姻の話が出てから少し変だよ」

小さな頃は『いつきのことは特別に好き』なんて言われたこともあったけれど、今になってまたストレートな愛情表現を向けられて戸惑うばかりだ。

さらに集まる熱をどうにか逃がそうと両手であおいで、ふと思いつく。

「もしかして、母様になにか言われた？」

婚姻については決定事項だという口ぶりだった母様。

ならば、少しは優しくしろとか、愛の言葉でも囁け、なんて言われたのではないか。

さっき母様の部屋に行った際、念を押された……という流れかもしれない。

それとも、婚姻に対して腹をくくり、私を好きになろうと努力をしているとか。

もしくはどちらもかと勘繰ってミヅハをそっと見れば、いつから見つめられていたのか、彼の瞳は私をまっすぐに捉えていた。

アンコールによって再び演奏が奏でられ、軽やかな音色にミヅハの声が重なる。

「……もう、無理に遠ざける必要がないと、わかっただけだ」

視界の片隅に、扇片手に舞い始めた天宇受売様の姿が映るも、ミヅハの瑠璃色の瞳に囚われ、そちらに視線を向けることができない。

心臓が早鐘を打ち続ける中、なにか話をと思うもうまく言葉を紡ぐこともできず、呼吸さえ忘れそうになった時だ。

「いよーぅ、おふたりさん！　ふたりでじ～っと見つめ合って、もしかして、もしかするのか？　ん？　んー？」

おつまみのキュウリを手にオヤジ化したカンちゃんが、私たちの間にどかっと勢いよく座った。

「んー？」を連呼しながら私とミヅハ、交互に顔を近づける。

強いアルコールの香りがして、私は思わず体を後ろに引いて鼻をつまんだ。

「カンちゃん、お酒臭っ！」

「姫さん、オレはさ、あんたがいてくれたから人を好きになれたんだよ」

「誰だ、干汰に酒出したのは」

「あの時、怪我をして動けなかったオレを助けてくれて、ほんっっっとうに感謝してる」

ミヅハが眉をひそめる中、ありがとな、と私の肩をバンバン叩くカンちゃん。

地味に痛いが感謝されている私は、カンちゃんがなにを言っているのか皆目見当がつかず、眉を寄せてしまう。

怪我を負ったカンちゃんを助けたことがあっただろうか？

カンちゃんと初めて会ったのは、天のいわ屋に引き取られた際だと記憶しているけれど、もしやそれよりもっと前の出来事なのではと考える。

しかし五歳より前となると、時間も大分経っているために覚えていることは少ない。

怪我をした彼を助けたとあれば、それなりに強く心に残っていそうなのに。

もしかしたら、酔っているせいで別の人との間にあった記憶と混ざってしまったのかもしれないなどと考えている間にも、カンちゃんは話を続ける。

「なのに、オレときたら苦しんでる姫さんを助けてやることができなくて……」

「あの、カンちゃん？」

私が苦しんでいるとは、一体いつの話か。事故の後、ひとり残されてしまったことを悲しんでいたことくらいしか思い浮かばない。

それにしても、酒に弱いと自分でわかっているくせになぜ飲むのだろう。

「ごめんなぁ、姫さん。龍芳も、ごめんなぁ」

――龍芳。

カンちゃんがその名を紡いだ刹那、胸が締めつけられるような感覚を覚えた。

思わず、は……と息を逃して苦しさを紛らわす。

龍芳と呼ぶカンちゃんの手は、ミヅハの肩を二度叩いた。

「……干汰、俺はミヅハだ。龍芳じゃない」

ミヅハは長い睫毛を伏せて頬に影を落とし、カンちゃんの手をそっと肩から離して立ち上がる。

「朝霧から茶をもらってくる。それ以上飲むなよ」

カンちゃんの瞳がぼんやりとミヅハの背を追い、ふと私を捉えたかと思うと苦笑した。聞こえてくる神楽の音色に、カンちゃんの声が重なる。

「オレにとっては同じなんだけどな」

肩をすくめて深く息を吐くと、カンちゃんはキュウリを食べきってから「よっ」と勢いをつけて腰を上げた。

一瞬ふらつくも倒れることはなく、私の頭を大きな手でくしゃりと撫でる。

「邪魔して悪かったな」

「……ね、カンちゃん」

去っていこうとするカンちゃんを引き止めると、彼は「ん?」と瞬いて私を見下ろした。

「龍芳って、誰?」

尋ねるために声にして、また胸がキュッと切なく軋む。

なにかを求めるみたいに、何度も口にしたくなるような衝動が込み上げる中、カンちゃんは私を懐かしそうに見つめながら目を細めた。

「ふるーいふるーいオレの友人さ」

千年以上生きるカンちゃんの古い古い友人ということは、神かあやかしなのだろう。

「ミヅハに似てるの?」

「ああ、似てる。だからさっき、うっかり間違えて呼んじまった。懐かしーいあいつの名前を」

カンちゃんが、強い酒はオレには合わないなと笑うと、ミヅハが湯呑を手に戻った。

「干汰、ほら茶だ」

「へーい。ありがとうございます、若旦那」

湯呑を受け取ったカンちゃんは、少しおぼつかない足取りで、今度は豆ちゃんに絡んでいる。困惑する豆ちゃんを助けるべく夕星さんがカンちゃんをたしなめて、朝霧さんは我関せずといった様子で大角さんとその様子を横目でうかがって。

いつからいたのか、部屋の隅には一眼レフのカメラをかまえ、こっそり天宇受売様の舞姿を写真に収める豊受比売様の姿があった。

さっきまでこの楽しい雰囲気の中に自分もいたはずなのに、龍芳という名前を耳にした途端、どこか遠くのものに感じてしまう。

カンちゃんの様子を気にしていたミヅハが、溜め息をついて踵(きびす)を返すと、私をその涼やかな双眸に映した。

ミヅハに似ているというカンちゃんの友人の存在が、なぜか気になって仕方がない。

「龍芳……」

もう一度、小声で名を紡いだ直後、世界がぐらりと回る感覚に襲われた。

眩暈だと認識したと同時に、耳に届いていた賑やかな音の一切がすべてやんだ。

ミヅハの眉がひそまるのが見えたけれど、それもすぐに暗闇に塗り潰されてしまう。

なにも見えず、なにも聞こえず。

龍芳という名が心に刺さったまま、私は意識を手放した。

【四章】ふたりを引き離す悪意

ふと気付くと、耳ざわりのいいせせらぎが聞こえていた。

夕暮れ迫る川縁。大きな岩にぐったりと寄りかかるのは、緑の肌を持ち硬い甲羅を背負う河童。

彼の前にしゃがみ込んだ〝私〟は声をかける。

『これはね、私の幼馴染が作った軟こうなの。あなたにも効くといいんだけど』

手にしているのは木製の小さな箱。

蓋を開けて、中に入った半透明の軟こうを指につけると、河童の頭頂部、皿に入ったひびに沿ってそっと塗った。

『痛い？』

『……だい、じょうぶ』

『意地を張ってはダメよ。痛い時は素直に痛いと言わないと。ねぇ、ここにいてはまた妖邪にやられてしまうかもしれない。よかったら傷が治るまでうちにいてはどう？』

念のため、懐にしまっていた布を取り出して河童の頭に巻いてやる。

『でも、今は姿を隠す妖力もないんだ……人の姿に変化もできない』

『平気よ。私の家は村のはずれにあるし、ひとりで暮らしているから』

誰の目も気にすることはないと伝える〝私〟に、河童はありがとうと蚊の鳴くような声で言って力なく立ち上がった。

〝私〟は慌てて肩を貸し、家路を辿る。

その道すがら、前方に人影が現れ、警戒する河童に『心配しないで』と〝私〟は安心させるように話した。

そして、こちらへと手を振る幼馴染の〝彼〟の名を〝私〟は呼んだ——。


「……つ、……さ」

絞り出すような自分の声で目を覚ます。

今、私はなんと言ったのか。

ゆっくりと息を吸って、一度だけ瞬く。

辺りは静寂に包まれており、窓がピッチリと閉まった部屋に、川の水音など聞こえない。今しがたまで広がっていたはずの光景はどこにもなく、見えるのは木目の走った自室の天井のみだ。

室内は暗く、まだ夜なのだとわかる。

カチカチと時を刻む枕元に置いた目覚まし時計の針は、真夜中の二時を回って間もない。

もうひと眠りすべきか。

そういえば私はいつの間に布団に入ったのだろう。

疑問に思ったところで、傍らに人影があることに気付き、私は驚きに体を震わせ布団をかぶった。叫びそうになった声をかろうじて呑み込み、そっと布団をずらすと目を凝らして相手を確認する。

眠っているのか、うつむいた体勢で座り、こくりこくりと船を漕いでいるのはミヅハだ。

なんだミヅハか……って、なんでミヅハがいるの!?

安堵したのも束の間、再び慌てて、勢いよく上体を起こした。

一体、いつからここにいたのか。よく見れば彼の着物は宿の仕事着で、私が着ているのも寝巻ではなく仕事用の着物だ。帯は外され、腰紐も緩められているものの、少し動きづらさがあったのはこのせいかと納得する。

寝巻に着替えたいところだが、ミヅハがいては難しい。

それにしても、目覚めたらミヅハがいるなんて、天のいわ屋に引き取られた日以来だ。あの時ミヅハは、目を覚ました私を見て大粒の涙を流していたな、と懐かしさに耽ったところで思い出した。

私の記憶は、天河の間で途切れているのだ。

天宇受売様の舞を見て、酔ったカンちゃんが話しかけてきた。それから、龍芳という名前を聞き、ミヅハと目が合った直後……そうだ、眩暈がしたのだ。

そこからの記憶がないということは、私は多分、意識を失ってしまったのだろう。

だからミヅハが心配し、こうしてそばについていてくれた。

そういうことなのだろう。

今回は事故に遭ったわけではないけれど、相変わらず心配ばかりかけて申し訳ない。

うたた寝するミヅハに、「ありがとう」と声を潜めて伝えると、私の体がぶるりと震えた。

梅雨の時期、朝晩はまだ少し冷える。

見ればミヅハは座布団の上に座っているだけで、なにも寝具を使ってはいない。

水神とはいえ、そのままでは寒いだろう。

私は自分にかけている薄手の毛布を一枚取って、そっと彼の肩にかけた。

その直後、ミヅハの体がぐらりと私の方へと倒れ込み、慌てて受け止める。

絹のような髪から、ふわりと漂う嫌みのない清潔な香り。

未だかつて、こんなにも近くでミヅハを感じたことがあっただろうか。

こんな、まるで抱きしめているような体勢、誰かに見られたら誤解されそうだ。

しかし、どうやって動けばいいのか。私の看病で疲れているところ申し訳ないけれど、いっそ起こしてしまった方がいいのでは。

心中で四苦八苦しているうちに、ミヅハの頭がずるずると前に下がっていく。

「わ、わ」

体勢を立て直そうにも体格差のせいでうまくいかず、ついには支えきれなくなってしまい、共に布団の上に寝転んでしまった。

これはさすがにミヅハも起きるかと思ったが、瞼が持ち上がる気配はない。それどころか、ようやく横になれたと言わんばかりに穏やかな寝息を立て始めた。押し倒される形にならなかったのは幸いだけれど、ミズハの上半身が布団を斜めに切るように寝転んでいるため、残念ながら私の寝る場所はなくなってしまった。

母様の部屋にお邪魔して、隣で寝させてもらおうかと考える。しかしそれだと、ミヅハが目覚めた時に私がいないことで心配をかけてしまうかもしれない。ならばこのままこの部屋にいた方がいいのだろうが、いかんせんスペアの布団を持ち合わせていない。

宿の布団置き場まで行けばあるけれど、眩暈があったせいか体が重い気がするので少し億劫だ。

嫁入り前の女性として、はしたない行為であるとわかりつつも体調を優先し、ミヅハに毛布をかけ直すと空いているスペースに横になった。

ふう、と息を吐き、思ったよりもミヅハの顔が近いことに照れつつ、その端整な顔を観察する。

長い睫毛とスッキリ通った鼻筋。普段は美しくキリリとした顔も、寝顔はどこかあどけなく、幼い日のミヅハを思い出させる。

……私たちの間に結婚話が持ち上がるなんて、あの頃は想像もしていなかった。

もちろんミヅハに好意を寄せていたけれど、結婚というものを想像するにはまだまだ幼かったのだ。

ミヅハと結婚したら、毎晩同じ部屋に布団を並べてこうして近くで眠るのだろうか。

想像して、頬がじわりと熱を持つ。

ダメだ。今羞恥心に振り回されたらうっかり眠れなくなってしまう。そうなれば、お昼頃まで爆睡してしまい、夜になっても寝つけないコースまっしぐらだ。

HPを削られるわけにはいかない。

別のことでも考え、さっさと寝てしまおうと瞼を閉じたところで、先ほど見ていた夢の内容を思い出した。

幼馴染からもらったという薬で河童を助けていた〝私〟。

『あの時、怪我をして動けなかったオレを助けてくれて、ほんっっっとうに感謝してる』

数時間前に聞いたカンちゃんの言葉が残っていたのだろうが、すぐ夢に見るなど影響を受けすぎではないか。

自分の想像力に呆れつつも、最近は私ではない〝私〟から見る不思議な夢ばかり見ている気がして、それが眩暈を起こした日からだということに気付いた。

あの日、母様まで倒れたことを鑑みれば、もしかしたら夢を見るのにはなにか理由があるのではと思い至る。

それに、毎回〝彼〟の存在があることも気にかかる。

最初に眩暈を起こした際、白昼夢にて見た、私ではない〝私〟の名を呼ぼうとした彼。

カンちゃんと大角さんに似た人が出てきた夢で、〝私〟が会いたいと乞い願っていた彼。

そして、今さっきまで見ていた夢の中、河童を助け、家に案内する帰路で〝私〟に手を振る幼馴染の彼。

もし、三つの夢に登場する〝私〟がすべて同じ〝私〟であり、〝彼〟も同じ人物であるならば。

「〝私〟は誰で、〝彼〟は……誰？」

独り言ちて、ふと脳裏によみがえるカンちゃんとの会話。

『龍芳って、誰？』

『ふるーいふるーいオレの友人さ』

『ミヅハに似てるの？』

『ああ、似てる。だからさっき、うっかり間違えて呼んじまった。懐かしーいあいつの名前を』

瞼を開き、ミヅハを見つめる。

カンちゃんの語った古い友人が、もしも夢の中の〝彼〟であったとしたら。

〝彼〟の名前は……。

「龍芳……？」

似ているというミヅハに向けて、龍芳という名をそっと唇に乗せた刹那、胸の内に様々な感情があふれた。

喜びに踊り、切なく疼き、無念に嘆き、愛しさに震える。

それらがごちゃ混ぜになり、双眸から大粒の涙がボロボロとこぼれ落ちた。

突如として流れ始めた涙は、驚く私の感情を無視したかのように止まらない。

「な、なに、これ、なんでこんなに。おかしいな」

自分ではない自分が泣いている。

そんな感覚にわけもわからず戸惑いながら、体を起こして必死に着物の袖で涙を拭っていた時だ。

――ゾクリ。

背筋に冷たいものが走って呼吸を忘れる。

ねっとりとまとわりつき、身も心も凍てつかせてしまうようなそれは、妖邪に遭遇した際に感じるものと同様の寒気。

眠っていたミヅハも感知したのか、パチリと目を覚ますと素早く起き上がり、警戒するように目を鋭く細めて辺りを見回した。

どこから放たれるものなのか。

それを探る間もなく、邪悪な気配はすぐになりを潜めてしまった。

訝(いぶか)し気に眉をひそめていたミヅハが緩やかに警戒を解いていく中、無事を確認するように私へと視線を向け、瞠目する。

「なぜ、泣いてるんだ」

「わ、わからないの」

先ほどの寒気で感情の波は少し落ち着いたものの、まだ涙は涸(か)れず頬を伝っては落ちていく。

「おかしいよね」

苦笑すると、ミヅハの手がこちらへと伸ばされて、頬を濡らす涙を拭ってくれようとしたのだが。

――バチバチッ!と電気が走り、触れることを拒むようにミヅハの手を弾いた。

「っ……なんだ？」

「だ、大丈夫!?」

「ああ……いつきは？」

「私は全然、痛みもなにも」

ミヅハは「そうか」と頷き、赤くなった自分の手と私を交互に見て、「さっきの邪気と関係があるのか？」と誰ともなしに問いかける。

邪気が私になにかをした、ということだろうか。

だが、私には寒気を感じただけで、あとはなにも変化はない。

というより、そもそも清浄な伊勢神宮の神域には妖邪も邪神も侵入することはできないはず。

一体なにが起こったというのか。

その後、涙は止まるも、ミヅハが私に触れようとすると弾かれる現象は解消されることはなく。

東の空がわずかに白み始めた頃、疲れていた私は睡魔に襲われ……。

ここで寝てしまっては邪気を警戒して共にいてくれているミヅハに申し訳ないと思いながらも、いつの間にか瞼を閉じていたのだった。

——眠りが深かったのか、夢は見なかった。

目覚めるとミヅハの姿は見当たらず、『仕事に出てくる』というメモだけが畳の上に置かれていた。

きっと、ほとんど眠らずに仕事に出るはずだ。

今日私はお休みなので、せめて午前中だけでも代わりに出勤し、ミヅハに休んでもらおうと、着替えを済ませて彼の部屋を訪ねようとしたのだが。

「中抜けで仮眠をとるから問題ない。それよりも今、昨夜のことを瀬織津姫に相談してきたんだが、いつきを呼んでこいと言付かった」

廊下で鉢合わせたミヅハに断られ、母様からの伝言を受けた私は仕方なく頷く。

「わかった。あの、昨夜は本当にありがとう」

「いや、礼は必要ない。むしろ、責められるべきだろう」

後ろ向きな言葉に、ミヅハってドMだったの?という冗談が一瞬浮かんだけれど、目の前に立つ彼の表情が至極真面目なものなので空気を読んで自重した。

ミヅハはまだわずかに赤味を帯びる自分の手を見る。

「俺が寝てしまったせいで邪気がいつきになにかしたのなら、感謝などされる立場にはない」

「ここは神域だよ？　なにもないと安心してて当然だわ」

仮にミヅハが起きていたとしても、寒気を感じてから消えるまではほんのわずかな時間だった。

なにより、邪気がどこから侵入したのかさえわからないのだ。

誰も起きてこなかったことから、感知できたのも私とミヅハだけだったのだろう。

「とにかく、私は母様のところへ行くね。ミヅハはお仕事無理しないでね」

「ああ、わかった」

返事を聞いてミヅハに手を振ると、さっそく母様の部屋を目指す。

廊下を早足に進み、中庭を見渡せるT字路を曲がった直後のこと。

ドンと正面から誰かとぶつかってしまい、鼻を押さえ足を止めた。

「ご、ごめんなさい」

女性が纏う甘くて品のいい香りがしたので、もしや朝霧さんではと視線を上げる。

だが、そこに立っていたのはとても意外な人物で目を見張った。

「いつきちゃん、おはー」

「……えっ？」

「あらやっだぁ、もしかしてまだおねんねしてる？　アタシがわかりますかー？」

リボンの形に結った髪に煌（きら）びやかな装飾品。美しい顔に燃える太陽の如く赤い紅をひいた、背の高いこの方は。

「天照様！」

伊勢神宮の内宮に鎮座し、天のいわ屋のオーナーである偉大なる神、天照大御神様だ。

「よかった、ちゃんと起きてるわね。あ、アタシの美貌で目が覚めた感じ？」

ウインクした天照様は確かに目が覚めるほどの美しさだが、私はひとつだけ残念なところを見つけてしまった。

「あの、天照様。ここ、お髭が」

自分の顎を指差して知らせると、天照様は「嫌だぁっ！」とさわって確認する。

「んもぅ。瀬織津に付き合ってたせいで寝不足だから、チェックし損ねたのね」

「ああ、恥ずかしい」と着物の袂から電気シェーバーを取り出し、小指を立てながら髭を剃る天照様。

そう、天照様は女神の格好をしているけれど、実は男神なのだ。

「昨夜の来客って、天照様だったんですか？」

「そうよぉ。おとなしくすることが苦手なアタシの相棒が、暇だ暇だって呼ぶものだから」

相棒というのは、母様のことだ。

神道によれば、神はふたつの側面を持つと考えられていて、穏やかな側面を和魂、躍動的な側面を荒魂(あらみたま)と呼ぶ。

内宮にある和魂の側面を持つ天照様が祭られている正宮の北に、荒祭宮(あらまつりのみや)と呼ばれる別宮があり、その祭神の別名が瀬織津姫なのだと、とある文献には記述されている。

つまり、和魂である天照様の荒魂が母様なのだ。ゆえに、天照様は母様をよく〝相棒〟と呼んでいる。

「それで、具合はどう？」

「え？」

「昨日、倒れたじゃない。瀬織津の部屋で話し込んでたら、千汰が血相変えて、いつきちゃんが倒れたって知らせに来たのよ」

「そ、そうだったんですね。お騒がせしまして……」

よく考えてみれば、天河の間で倒れたのだ。あの場にいた皆、お客様である猿田彦様や天宇受売様、さらには豆ちゃんにまで心配をかけたに違いない。

皆で作り上げた庭園と、せっかく招待してもらい過ごしていた楽しい時間を台無しにしてしまった。

申し訳ないという気持ちがドッと押し寄せて、後で皆に謝りに行こうと心に決める。

「ま、その様子だと平気そうね。瀬織津もすぐに回復したし」

「母様も……って、まさか、また同じタイミングで!?」

最初の眩暈に続き、今回も同じタイミングで体に不調をきたしたなんて。

これはもうただの偶然ではないという気がしてならない。

母様と私の体に一体なにが起きているのか。

「天照様、母様は大丈夫なんでしょうか」

「大丈夫。穢れたわけじゃないし、怪我を負ったわけでもない。ただ……そうねぇ、親友の願いを繋ぐために無理をしたから、それが今の瀬織津の体に負担をかけてるのよ」

「親友の願い？」

母様の親友といえば、ミヅハの先代水神様だ。

先代の願いを繋ぐために、母様はなにをしたのだろう。

思案しながら瞬きしていると、天照様が「それより」と私の肩を両手でがしりと掴む。

「心配なのはいつきちゃんの体の方よ。本当、しつこい男って嫌よねぇ」

「しつこい男？」

「しかも自分勝手！」

「あ、あの？」

どんどん進んでいく話についていけず、首をかしげるばかりの私に、天照様は力強い笑みを浮かべてみせた。

「いい？　負けるんじゃないわよ？　さっさとミヅハの嫁になって、ざまぁみろって笑ってやりなさいな」

いや、誰に笑ってやるんですかと突っ込む間も、ミヅハとの婚姻の件は母様から聞いたんですかと問いただす間もなく、天照様は私から手を離すと今度は自らの腰に当てた。

「さ、それじゃあ私は内宮の様子を見てくるわね。面倒だけど、瀬織津の分まで仕事してくるわぁ」

「は、はい。よろしくお願いします。いってらっしゃいませ！」

お辞儀をして、天照様を見送る。

「……しつこくて、自分勝手な男？」

響きからしてかなり印象は悪いが、一体誰の話なのか。

気になるけれど、今はとにかく母様のところへ行かなくては。

私は再び廊下を進み、母様の部屋の前に立つと格子扉をノックした。

「母様、いつきです」

「入りな」

促されて入室し、座卓の上に置いた湯呑を両手で包むようにして座る母様に「おはよう、母様」と挨拶をする。

「おはよう。具合は？」

「もう平気。母様こそ、また同じタイミングで倒れたって、天照様から聞いたわ。あと、先代水神様の願いを繋ぐために母様がなにかして、そのせいで具合が悪いってことも」

「ああ、あの方は本当に口が軽いね……」

座卓を挟んで向かいに腰を下ろすと、母様はやれやれと首を振り、目元の小皺を深めて苦笑した。

「大丈夫。あんたみたいに倒れたわけじゃない。少しふらついた程度だ。それより、ミヅハから聞いたよ。昨夜、邪気の気配がした後にミヅハがいつきに触れられなくなったって？」

「そうなの。さわろうとすると電気が走るみたいにバチッと」

「どれ」

「あっ、ちょっと母様危ないからっ」

座卓越しにこちらへと手を伸ばした母様を声で制止するも、躊躇(ちゅうちょ)なく私に触れてしまう。しかし、母様の手は特に弾かれることなく、すんなりと私の頬をぺちぺちと軽く叩いた。

「平気だね。ということは、神族全般に反応するというわけではなさそうだ」

「そういえば、さっき天照様が私の肩に触れたけど大丈夫だったわ」

「ここのあやかしたちは？」

「まだ誰にも会ってないの」

だからわからないと答える私に、母様は「そうかい」と胸の前で腕を組んだ。

「まあ、あたしや天照の姉さんにはなにもなく、ミヅハに反応するってとこで大方の予想はつくが……とりあえず少彦名殿を呼んで診てもらおうか」

少彦名様は神やあやかしのみならず、人の体にも精通しているお医者様だ。

怪我や病気の治癒はもちろんのこと、体に流れる気を診ることも、身に巣食う穢れを祓うこともできる。

「ミヅハも一緒に診てもらうから、少し遅くなるけど宿の仕事が終わる頃にもう一度ここにおいで。それと、せっかくの休みだし自由にしてかまわないけど、なにかあった時に対処できるよう、出かけるなら内宮さんの近くにはいなよ」

「うん、わかった」

頷いてみせると、真面目な顔をしていた母様の表情がニンマリと歪んだ。

「ところで、ミヅハはなんであんたに触れようとしたんだい？　もしや口説かれたとか？」

わけもわからず涙を流す私を心配してくれただけだと説明しようとしたところで、羽織っているパーカーのポケットでスマホが震えた。

取り出して確認すると、さくちゃんからのメッセージだった。

今日は仕事がお休みとのことで、時間が合えばご飯でも一緒に食べに行かないかと書かれている。

さくちゃんと休みが同じという日は、互いに合わせない限りほとんどない。

ここ数日、色々あった。

体調が不安定だったり、婚姻を言い渡されたり、変な夢を見たり。

忙しなさにリフレッシュしたいと思っていた私は、すぐにOKの返事を送った。

そして、母様に「ミヅハは心配してくれただけ」と簡潔に話し、さくちゃんと出かけてくると告げて部屋を出る。

扉を閉める間際、母様が楽しそうにクスクスと笑うのが聞こえたけれど、気にしたら負けだ。

聞こえないふりをして自室へと向かい、出かける準備に取りかかった。

髪の毛をひとつにまとめ、軽やかな花柄のガウンに腕を通す。

変なところはないか鏡でチェックし、鞄を手に取ると自室の扉を閉めた。

さくちゃんとの待ち合わせは、午前十時におかげ横町の入り口にある招き猫近く。

まだ時間には早いけれど、余裕を持って出て、昨夜のお礼にミヅハが喜びそうなお土産でも見ようかな。

いや、それなら皆の分もだ。

豆ちゃんには〝み〇りのたぬき〟がいいかなと考えながら板張りの廊下を進んでいたら、中庭に設けられている屋根のついた腰掛けに寝そべっているカンちゃんを見つけた。

彼の傍らには缶コーヒーが置いてある。

宿の温泉は、清掃時間が夜中の二時から五時までとなっているので、大方、掃除後に休憩したら疲れてそのまま寝てしまったのだろう。

まるで徹夜明けのサラリーマンみたいだなと苦笑したところで、違和感に気付いた。

カンちゃんが微妙にカンちゃんじゃないのだ。仰向けで片膝を立て、大きな口を開けて寝ているのは確かにカンちゃんなのだが、なにかが違う。

どこだろうかと足先から頭のてっぺんまで視線を移動させて、私は目を見開いた。

「お皿！」

なんということだろう。

普段彼が必死に隠している頭頂部の皿が丸見えになっているではないか。

バンダナはどこにあるのかと忙しなく視線を動かすと、彼の手に握られているのが見えた。

きっと寝ぼけて取ってしまったのだ。

「一大事！」

私はそそくさと中庭に出て、カンちゃんの手からそっとバンダナを奪う。

どうやら熟睡しているようで、ピクリとも動かない。

OK。そのままなにも知らずに眠っていて。

どうかカンちゃんが目を覚ましてショックを受けませんように。

祈りながらバンダナを頭にかぶせようとして……私は、お皿にうっすらと走る傷痕を見つけた。

「これ……あの夢の……」

そう。カンちゃんのお皿の傷は、夢で見たものとまったく同じ場所にあり、ヒビの入り方もよく似ているのだ。

「夢は現実と繋がっている？」

視線をさまよわせ言葉にして、昨夜予想していたことを思い出した。

〝私〟と〝彼〟が出る夢を見るのには理由があるのではと考えていたけれど、もしも現実と繋がっているのなら。

「過去の出来事を、〝私〟という誰かの目を通して視ている……？」

確かめるような疑問の声に、当然ながら答えは返ってこない。

ただわかるのは、眩暈を起こした日から、私には様々な変化がみられるということだ。

不思議な夢と、突然の婚姻話と、ミヅハが私に触れられなくなったという三点。

婚姻については母様が明かしてくれないだけだし、ミヅハが触れられなくなったことも、少彦名様なら原因がわかるだろうからきっと対処できる。

そして、夢の中の出来事については、カンちゃんと大角さんが微妙な態度をとっていた。

今思えば、ふたりには心当たりがあり、なぜそれを知っているのかという反応だったようにも思える。

すぐそこに答えはあるのに、教えてはもらえない。その理由はなんなのか。

『大丈夫。いつか、いつきにも全部わかる時がくる。きっとね』

あれから数日、母様が言った『全部わかる時』はまだきていないけれど、確かに事態は少しずつ変化している。

それならば、あまり悶々（もんもん）と悩んでいても精神的によくない。

進むべき道を見つけられたら、その時に進めばいい。

やるべきこと、やれることをひとつひとつクリアして、次に繋げていく。

そうして日々前向きに。いつも心に太陽を、だ。

私は気持ちを切り替えるように笑みを浮かべると、今度こそカンちゃんの頭にそっとバンダナをかけ、心の栄養補給に繰り出すべく玄関へと向かった。


「えっ、いっちゃん結婚するの？」

その報告ができたのは、早めのランチを済ませ、ゆっくりお茶をしようと五十鈴川を間近に臨めるカフェのカウンター席に着いて間もなくだ。

木のぬくもりにあふれる空間で、コーヒーカップに両手を添えたさくちゃんは、驚きに双眸を丸くした。

「そう、みたい」

母様には考えさせてと言ったけれど、婚姻を結ぶことは覆らないだろう。

遅くとも来月中、私が二十歳の誕生日を迎える前に結婚することになるのだが、まだ実感は湧かない。

それゆえに、曖昧に答えてはにかんでしまった。

「わぁ、おめでとう！　相手は誰？」

コーヒーに口をつけるのを止め、興味津々といった様子でこちらへと体を向けるさくちゃん。

　彼女を捉える視界の隅には、窓の向こうで穏やかに流れる五十鈴川。

　本人に聞かれているわけではないけれど、妙に意識してしまい、落ち着かない気持ちで口を開く。

「それが……ミヅハなの」

「ミヅハさんって、五十鈴川の水神様よね？　いっちゃんの初恋の人で、いつからかいっちゃんにそっけなくなって、たまーにおはらい町に現れては、女性たちの瞳を釘付けにするイケメンの神様」

「そ、そう。そのミヅハ」

　さくちゃんの持つ情報をアップデートするならば、婚姻の話が出てからは、甘さが加わって振り回されているのだけど。

　でも、だからこそ、最初に告げられた時よりも結婚に対して拒否感は薄くなっているのが現状だ。

　ミヅハなら嫌じゃない。

　この数日で、確かに私はそう思うようになった。

「素敵ね〜。いっちゃん、神嫁様になるのね」

　コーヒーの香りが漂う中、両手を合わせて小さく拍手しながら微笑むさくちゃんに、私は小さく笑ってしまう。相手がミヅハなのに驚かないのね」

「さすがさくちゃん。相手がミヅハなのに驚かないのね」

「まあ、神様たちと暮らしてるいっちゃんならあり得るかなあ～って思えるし、ほら、古事記や日本神話では神様と人との神婚話はたくさんあるでしょう？」

「そういえばそうかも」

羽衣伝説に浦島伝説と、神様と婚姻を結んだ人の話は少なくない。

また、相手が神様だけではなく、精霊やあやかしとの異類婚姻譚もあるくらいだ。

霊感があるうえ、伊勢神宮の舞女であるさくちゃんなら、想像もしやすく理解できる話なのだろう。

本当に貴重な友人だ。

「私、さくちゃんに出会えてよかった」

「やだ。いきなりなぁに？　もしかして、神様に嫁いだら会えなくなってしまうの？」

「それはないんじゃないかな。ミヅハからは、人の身を持ったまま人の理からはずれる……みたいなことを言われたけど」

「人の理？」

「寿命がとても長くなるんだって」

さくちゃんを前に言葉にして、胸の内が少しだけ締めつけられる。

ミヅハと結婚したら、私は長い時間を生きていくことになり、老いていくさくちゃんと老いない自分との差を寂しく思う日がくるだろう。

私は、自分の身になにか起きない限り、間違いなくさくちゃんを見送る側になるのだ。皺(しわ)だらけになった彼女の手をとって、涙を流す日が、いつか必ずやってくる。

だけど、さくちゃんはフフッと笑った。

「そうなのね。じゃあ、私長生きしなくちゃね」

おっとりとしたマイペースさに救われて、私も「お願いね」と笑顔を見せる。

未来の別れを今から悲しんでいてはもったいない。

それに、まだ結婚してもいないのだから、今はこの時間を大切にすべきだ。

頼んだロールケーキをフォークで小さく切って頬張ると、クリームに練り込まれた白餡の仕事っぷりに自然と頬が緩まった。

ふんわりとした生地も舌ざわりがよく、幸せな心地にしてくれる。

さくちゃんもチーズケーキをひとくち味わって「美味しい」と笑みをこぼした。

「それにしても急なのねぇ」

「そうなの。いきなり母様に結婚しろって言われて。ミヅハは理由があるはずだからって納得してるっぽいけど、私にはその理由がわからないからスッキリしなくて」

「なるほど、なにか理由があるのね。でも、それはさておき、いっちゃんはミヅハさんと結婚できるのは嬉しくないの？」

「えっ!?」

驚いて思わず声が大きくなってしまい、近くのお客さんの視線が刺さる。

すみませんと肩を小さくして頭を下げると、さくちゃんはかわいらしくも悪戯っ子のように微笑んだ。

「初恋の相手だったわけでしょう？　今はもう好きじゃないの？」

「つ、突っ込んでくるね、さくちゃん」

「だって大事なことでしょう？」

確かに、結婚するならば、そこに恋愛感情があるかというのは大事な部分だろう。

ミヅハと結婚できるのは嬉しいのか。

ミヅハのことが好きなのか。

……昔は、好きだった。

神様だとか人間だとか、そんなことは特に気にもせず、ただミヅハが好きだった。

でも、そっけなくされてから少しずつ想いを閉じ込めていって……幼馴染のような関係でいいと、気持ちに蓋をしたのだ。

捨てたわけでも失くしたわけでもなく、心にはずっとあった。

だから、ミヅハの態度を寂しく感じて、嫌いにもなれず許せていたのだろう。

「ときめいたりしない？」

さくちゃんに聞かれて、そのことにようやく気付けた。

「する……。本当はまだ……好き、なのかも」

ずっと閉じていた蓋を一気に開けるのが怖くて、そっと確かめるようなずるい言い方で答えると、さくちゃんはクスッと笑う。

「素直じゃないのね、いっちゃん。そんなに顔真っ赤なのに」

言われなくてもわかっている。

私の頬は絶好調に熱を持ち、顔どころか体中の体温が上昇していた。

それを鎮めるように、ミルクをたっぷり入れたアイスコーヒーを飲む。

こくりこくりと冷たいコーヒーを喉に流し込むと、さくちゃんは五十鈴川をじっくりと眺めてから、私に視線を戻して言った。

「理由はなんであれ、幸せになってね、いっちゃん」

「うん」

——ああ、やっぱり私、さくちゃんと出会えて本当によかった。

「はぁ～、いっぱい話せて楽しかった。昨日は読みたかった本を読破できたし、今日はいっちゃんのおめでたい話も聞けたし満たされたわ～」

支払いを済ませカフェを出ると、店の前でさくちゃんが微笑む。

「読みたかった本？」

「うん。神宮文庫に保管されている蔵書のひとつなのだけれど、歴代の天皇様の私物や逸話が掲載されているちょっとマニアックな本なの。なんでも、神宮文庫にしか置かれていないそうよ」

『神宮文庫』とは、伊勢神宮の経営する図書館だ。起源は奈良時代にさかのぼり、現在は主に神宮や神道関係のものが多く、他には国史等の貴重な書物も収蔵しているとか。一般にも公開しているけれど、貸し出しはしておらず、館内での閲覧のみ可能となっている。

さくちゃんは伊勢の歴史や文化などに昔から興味があるらしく、神宮文庫にもちょくちょく通っているのだ。

「へぇ〜。歴代の天皇様の。なにかおもしろい逸話はあった？」

「そうねぇ、おもしろいというか、少し切なくて恐ろしげだったから印象に残っているものはあったわ」

「どんなの？」

「ずっと昔の天皇様がね、愛した女性を繋ぎ止めるために狂って殺してしまうのだけど、魂を自分のもとにとどめるために使った道具が、伊勢にあるかもしれないって逸話よ」

何気なく聞いたものの、予想以上の逸話が披露されてちょっと引いてしまう。

「わぁ……重いね……」

「重いわよね。でも、今も昔も、人は愛に振り回されるのは一緒だと思うと、なんだかそこにロマンを感じない？」

「ロマンを感じるから、さくちゃんは歴史が好きなのね」

「そうなの！　いっちゃんも神様と結婚するなんてロマンにあふれてるわ。あ、もし結婚式をやるなら招待してね」

神様たちの結婚式に参加は難しいかしらと続けたさくちゃんに、「母様に確認してみるね」と伝えて、私たちは手を振り合い別れた。

私が考えさせてほしいと告げたため、母様からは婚姻を結べと言われたのみで話は終わっている。

式をやるかは聞いていないし、そもそも神様たちの結婚式がどのように行われるのかを私は知らないのだ。

もし結婚式をするなら、ぜひさくちゃんには参列してもらいたい。人の参加が難しいなら、なにか手立てがないか尋ねてみよう。

そんなことを考えながらおはらい町を歩き、宿の皆に選んだ手土産は『へんばや商店』のへんば餅だ。

白い餅にはこんがりとした焼き色がつき、中にはこし餡が入っている。

素朴な味わいが人気の名物餅と、ミヅハにはお礼用にもう一品、プリン専門店『プリンと食パンの鉄人』で販売している瓶入りの伊勢プリンをゲットした。

プリンは味の違いを楽しんでもらえるように、なめらかとレトロの二種類を選択。

「喜んでくれるといいな」

受け取るミヅハの反応を想像し、期待をそっと舌の上で転がした時だ。

「――」

近くで呼ばれた気がして足を止める。

平日でも賑わいのある道中を見回すも、私に声をかけたような人は見当たらず。

あやかしの類だろうかと視線を下げてみたり屋根の上を見上げてみるものの、やはりそれらしき者の姿はない。

おかしいなと思ったところで、ふと気づく。

呼び声は、私の名を音に乗せてはいなかったのだ。

確かに呼ばれた気がした。しかし、その声が男性であるか女性であるかも定かではない。

なんとも不思議な感覚に首を捻るが、声は再び聞こえることはなく、一体なんだったのかという疑問を胸に、天のいわ屋への帰路を辿った。

お土産をミヅハに手渡せたのは、彼の中抜け休憩が終わる頃だ。

ミヅハの部屋の扉を叩くと、出てきた彼は「二時間くらいは寝れた」と、少しスッキリとした顔を見せた。

そして、お土産がプリンであると知るや否や、瞳を輝かせて頬を緩める。

「仕事が終わったら食べさせてもらう」

自室のミニ冷蔵庫にプリンをしまうミヅハは、今にも鼻歌を歌いそうなくらいに機嫌がいい。

しかし、仕事が終わったら母様の部屋に集合のはず。

食べる時間があればいいのだが、宿ではスイーツ王子と名高いミヅハのことだ。

時間がなければプリンを持参して母様の部屋に訪れるだろう。

そんな予想をしつつ、必要なら仕事を代わるから遠慮なく言ってねと伝えた私は、ミヅハに軽く手を振って自分の部屋へと戻った。

——疲労が残っていたのだろう。

いつの間にか座卓に伏せて眠ってしまっていた私は、目を覚ますと、室内が暗いことに驚き時計を確認する。

「やばっ……」

時刻は二十一時半になる前。もう宿の仕事が終わる頃で、母様との約束の時間が直前に迫っていた。うたた寝どころか普通に爆睡していたらしい。

あまり体勢も変えていなかったようで背中が凝って痛い。

しかし、それをゆっくりと伸ばす時間もなく、私は慌てて鏡の前に立った。

寝起きの顔は少しむくんでいる気がするが仕方ない。

せめてもと急ぎ髪型を整えてから、扉を開けて飛び出した。

パタパタと小走りで母様の部屋に向かい扉をノックすると、迎えてくれたのは母様ではなく。

「おっかえりなさーい、いつきちゃん」

「天照様！」

缶ビール片手に笑顔で私の手を引く天照様は、「愛娘が来たわよー」と上機嫌な声で座卓の上を片づける母様に知らせた。

「お疲れ、いつき。なんだい、あんた寝てたのかい？」

「そうなの。気付いたらこの時間で」

少々むくんだ頬を両手で覆うと、先に座った天照様は「これもよろしく」と飲み干した缶を母様の持つビニール袋に入れる。

「あ、私がやるから母様は休んでて」

「これくらい平気だよ」

「いいから」

母様の手から袋を少し強引にもらうと、私は座卓の上に転がるビールの空き缶を次々と入れた。

「これ、全部天照様が？」

「そうよぉ。夕飯をここでいただいてから飲んでるの。いつきちゃんも飲む？」

「私はまだ未成年なので。でも、あと二カ月もしないうちに二十歳になります。そうしたらお酒をご一緒できますね！」

笑いかけると、天照様は眉を下げて微笑んだ。

「そっか、そうだったわね。飲みましょうね、一緒に、必ず。そのためにはまずミツハと結婚よぉ」

「……飲みすぎだよ、天照の姉さん」

母様がきつめの口調で咎めれば、「いいじゃないのぉ」と天照様は肩をすくめた。

次はお茶を飲むように告げた母様は、ポットから急須にお湯を注ぐ。

天照様は仕方ないと笑って、座卓に頬杖をついた。

「にしても、ここは食事も温泉も最高ね。創設時より格段によくなって、許されるならこの宿にずっと籠ってたいわ」

天のいわ屋は天照様の作ったお宿なので、天照様のお部屋も離れ座敷にちゃんと用意されている。

けれど、日本の八百万の神の中でも最高位に就き、皇室の祖先神でもある天照様は多忙を極めており、もう何百年も宿の経営は母様に任せ、高天原と現世を行き来しているのだ。

空き缶をビニール袋に入れ終わり、持ち手の部分をくるりと結んでいたらノックの音が聞こえ、次いでミヅハの声がする。

「瀬織津姫、ミヅハだ。少彦名殿もいる」

「入っておいで！」

腹から声を出して答えた母様の許しに、戸が開く音が聞こえた。

私は袋を部屋の隅に置くと、ふたりを迎えに踏み込みへと立つ。

部屋に入るミヅハを見れば、予想通り手にはプリンの袋を下げていて、頭のてっぺんには手のひらほどの大きさの少彦名様があぐらをかいている。

少彦名様は自分の背丈ほどあるひょうたんを背負っており、以前聞いた話では、中には治療用の酒が入っているらしい。

「少彦名様、こんばんは」

私が挨拶をすると、少彦名様は首を傾ける。

「やあ、こんばんは。いつきの姫君。瀬織津姫と天照も。面倒なことこのうえないけど、呼ばれたので参上したよ」

鎖骨あたりまで伸ばした、松の葉にも似た深緑色の髪がやわらかく揺れる。

この少々面倒くさがりな性格の少彦名様は、世界が生まれた天地開闢(てんちかいびゃく)の後、高天原に最初に現れた三柱の神の一柱、高御産巣日神(たかみむすびのかみ)様の手のひらから生まれた神様だ。

母様が挨拶のために立ち上がろうとすると、少彦名様は手を突き出して「そのままで」と制した。

「申し訳ないです、忙しいところをお呼びだてして」

座ったままでいながらも、背筋を伸ばした母様が頭を下げる。

溜め息をついた少彦名様はミヅハにしゃがむように告げ、肩から軽やかに飛んで座卓の上に降りた。

「忙しいとわかってるなら呼ばないでほしいところだけど、君らはむやみやたらと僕に頼ったりしないから、それなりのことが起こったんだろう？」

「その通りです。ミヅハ、さっそくで悪いけど、いつきにさわってみてくれるかい」

紙袋からプリンの入った瓶を取り出していたミヅハは、少し残念そうな顔を見せてから手を止め、私の前に立つ。

ためらいなく手を伸ばそうとしてきたので、思わず私の方が身を引いてしまった。

「ミヅハ、痛いんだよね？」

「……気にしなくていい。少彦名殿に診てもらうのに必要なことだ」

「でも……」

せっかく赤みが引いたというのに、また痛い思いをさせるのかと思うと心苦しい。

まごついている私に、温かいお茶をぐいっとあおった天照様が「心配しないでいいわよぉ」と唇を弓なりにして微笑んだ。

「ミヅハは男の子だから頑張れるわよ。ほれ！」

天照様が突如バカ力でミヅハのお尻をバシンと叩いた。

勢いに負け、バランスを崩したミヅハが体ごと私に突っ込んでくる。

「あわわわっ、ミヅハ！」

慌てた私は反射的にミヅハを支えようと両手を広げた。

けれど、彼の体を受け止める寸前。

バチバチバチバチッ！と、細かな稲妻（いなずま）が私たちの間に走ってミヅハを弾き飛ばした。

「ミヅハ！」

よろめきながらも畳に膝をついたミヅハは一瞬うずくまる。

駆け寄りたくともできずにオロオロと立ち往生している私の横で、天照様は「あらぁ、これは予想以上ね」と顔つきを厳しくして腕を組んだ。

母様がミヅハの横にかがむ。

「大丈夫かい？」

「あ、ああ……」

小さく頷くミヅハ。

その様子をじっくりと観察していた少彦名様の視線が私へと移された。

センター分けにされた前髪の間にある茶色い双眸が細められる。

「これは誰にでも反応を？」

「今のところミヅハにだけです」

「なるほど。少しさわるよ。座ってくれるかな」

「はい」

言われた通りに畳の上に正座すると、手を出すように指示を受け、私は少彦名様へと手のひらを差し出した。

少彦名様の小さな手が私の中指に触れる。

天照様や母様と同様、少彦名様にもなんの反応も見られない。

少彦名様は瞼を閉じると集中し始めた。私の体内にめぐる気を診ているのだ。

心なしか胸の内がざわつくような気がして落ち着かない。

私の中にあるなにかが拒否をしているような、そんな感覚に息を吐いた時だ。

「これは呪詛だね」

そう、少彦名様が断言した瞬間、ミヅハの眉間に皺が寄る。

険しい表情になったのはミヅハだけではなく、母様と天照様もまた同様だ。

そして、私もその言葉の恐ろしさに眉を下げてしまう。

呪詛とは、恨みや妬みなどの負の念を対象者に放ち呪うことだ。

それが、私の体を蝕んで、ミヅハの接触を阻んでいる。

「どこでもらったのかな。外で異変を感じた覚えはある？」

少彦名様に問われ、私は頭を細かく振った。

「ま、まったく。邪気を感じたのは自室にいる時でした」

「ここの？」

「はい。倒れて目覚めたのは夜中だったんですけど、寒気がして、その後に」

突然の邪気に、ミヅハも気付いて目を覚ましたのだ。

異変を感じたのはその時くらいで、他はまったくと言っていいほどなにもなかった。

私の言葉を受け、少彦名様は腕を組むと母様と天照様を見る。

「神域に邪気が入った形跡は？」

問いに答えたのは天照様だ。

「内宮に入った形跡も出た形跡もなかったわね」

神域に綻びは見られず、外宮と十四社ある別宮も確認したけれど、異常は見られなかったらしい。

報告を受け、ずっと黙っていたミヅハが口を開く。

「では、なぜいつきに呪詛が？」

普通に考えて、外から入ったのではないとするなら、内に巣食っていたというのか。

少彦名様は私とミヅハを交互に見ながら説明する。

「考えられるものとしては、どちらか一方、もしくはふたりの間で邪気が発生し、呪詛が発動したのだろう」

「でも、数時間前までは平気だったのにどうして……」

天河の間の庭を飾りつけしていた時も、猿田彦様たちを案内していた時だってなんともなかった。天宇受売様の舞を並んで見ていても発動しなかったのはなぜか。

「じゃあ、発動するきっかけに心当たりはないの？」

天照様に尋ねられて、違いを探す。

昨夜、私はなにか特別なことをしただろうか。

「夢を見て……目が覚めて」

曖昧な記憶をはっきりさせようと、口に出しながら確認していく。

「看病してくれているミヅハがうたた寝しているのに気付いて……」

そうだ。ミヅハの寝顔を眺めながら、したことがあった。

「名前を呼びました」

ミヅハに似ているという、カンちゃんの友の名を。

そうしたら涙が止まらなくなったのだ。

「名前って、ミヅハのかい？」

確認した母様に、私はゆるりと首を横に振る。

違う。私が口にした名は。

「龍芳」

紡いだその名にミヅハが瑠璃色の瞳を見張った刹那、強く鼓動が脈打ち心臓に痛みが走った。

「う……ぁ……」

両手で胸を押さえつけてこらえようとするも、ドクリドクリと繰り返す鼓動と共にキリキリと痛みが締めつける。

たまらず背を丸めて畳の上に倒れ込む私の耳に、「いつき！」と驚きに染まるミヅハの声が聞こえた。

彼が急ぎ私のそばに膝をついた直後、天照様が「瀬織津！」と焦ったように母様を呼ぶ。

「あたしは……大丈夫だよ。引きずられて少し苦しいだけだ。だから、早くあの子を」

視界の隅に、天照様に支えられた母様が胸元を押さえて座っている姿が見えた。

また、母様が私と同じタイミングで苦しんでいる。

もしかして、私の内には随分と前から呪詛があって、そのせいで母様まで苦しめられていたのではないか。

一瞬、そんな予想が頭を掠める。

ただ、そうであったとして、なぜ連動しているのかがわからない。

というより、そんなことを冷静に考え続ける余裕もない。

「あぁ……ぐ……」

痛みから生じる息苦しさに体が震え始めて、下手に私に触れることのできないミヅハが「少彦名殿！」と助けを求めた。

「わかってるよ。いつきの姫、もうしばし耐えてくれ」

ミヅハに急かされた少彦名様は、着物の袂から仁丹を取り出すと、倒れている私の口に放り込んだ。

口内にわずかな苦みが広がる。

しかもそれも一瞬。仁丹はすぐに溶けると、苦みも共に消え失せた。同時に、私の胸を締めつけていた痛みも徐々に薄れていき、呼吸ももとに戻ってくる。

落ち着いた私の様子に、ミヅハが胸を撫で下ろした。

「大丈夫か？」

「ん……平気」

母様も苦しさから解放されたのか、ふぅ、と息を短く吐いた。

少彦名様は私の額に手を当て、探るように目を閉じている。そうして、そのままの体勢でゆっくりと口を開いた。

「呪詛は……永きに渡りいつきの姫の魂に巣食っていたようだね」

少彦名様が説明しながら手を離したので、のたりと起き上がろうとすると、母様がミヅハの代わりに私を支えて起こしてくれる。

「まだ横になっててもいいんだよ」

「大丈夫。母様こそ平気？　ごめんね、私のせいなんでしょう？」

「違う、あんたはなにも悪くない。謝ることなんてひとつもないんだ」

「ああ。悪いのは……呪詛を植えつけた奴だ」

ミヅハの声色には怒気が滲み、瞳も幾分か据わっている。

天照様も「そうよぉ！　いつきちゃんは一寸も悪くない！」と首を大きく振った。

それにしても、いつどこで呪詛をもらってしまったのか。

「あの、少彦名様。永きって……いつからですか？」

「いつきの姫が生まれる前からだよ」

生まれる前、ということは、もしかして前世で私はなにかやらかして恨まれ、呪われたのだろうか。

「わ、私、前世は極悪人だったのかな……？」

「いや、極悪であれば現世に転生は叶わない」

ミヅハが続けて言うには、真の悪行を働いた者は死者の住む常世の国の最下層に囚われ続けるらしい。

そんな話をしていると、少彦名様が「申し訳ないけど」と声を張った。

「呪詛があまりにも深く根を張っていて僕には祓えない。無理に剥がそうとすれば、いつきの姫の命が危ういだろうからね」

「そんな……」

予想していなかった重い状況に、私は思わず落胆の声を漏らした。

少彦名様でも祓えないなら、どうしたらいいのだろう。

というか、この呪詛がなぜミヅハだけに反応するのかもさっぱりわからないままだ。

単に相性のようなものがあるのか。

もしくは、龍芳という名に反応し呪詛が発動したというなら、ミヅハも私の前世に関わっている……とか？

それなら、私と同じタイミングで体に異変をきたしている母様も？

あれこれと考え込んでいると、母様が溜め息をついた。

「困ったもんだね。ミヅハが触れられないんじゃ婚姻は結べない」

「どうして？」

「そりゃあんた、口づけをしないとならないからさ」

「くっ……!?」

口づけって、つまり私とミヅハがキスをしない限り婚姻関係にはならない？　いや確かに教会で式を挙げれば誓いのキスはするけれど！

「そ、それは必須？」

恥ずかしさにミヅハの方を見ないようにしながら誰ともなしに尋ねると、天照様と母様、そして少彦名様までもが「もちろん必須」と声を重ねた。

さらに説明を続けるのは天照様だ。

「あのね、人間みたいに紙切れ一枚で結ぶものではないの。神には戸籍というものはなくてね、夫婦となるには立ち合う神の言祝ぎの後に唇で神気を与えて繋ぐのよ」

「そ、そうなんですね……」

ミヅハは知っていたのだろうか。

二代目とはいえ水神だし、とっくに知っていたのかもしれない。

知っていて、いつきがいいと言ってくれていたかと思うと恥ずかしくてたまらず、茹ってしまいそうな熱い顔をうつむかせる。

すると、私の耳に届いたのは天照様の静かな声。

「ねぇ瀬織津。罔象女神の願いを繋げたいアンタの気持ちはわかるし、アタシも同じ気持ちだけどね、こうなっては別の神と婚姻を結ぶしかないわよ」

緊急事態だものと告げた天照様に、母様は肯定も否定もしない。ただ、迷うように瞳を揺らし、私とミヅハを交互に見つめた。

「ミヅハもいつきちゃんもいいかしら？」

いいか悪いかと聞かれたら、そんなの答えはひとつだ。だって私は気付いた。気付かされたのだ。さくちゃんと話していて、自分の気持ちが誰に向かっているのかを。

それなのに他の神様と婚姻を結ぶなんて……。

「まっぴらごめんだ」

「まっぴらごめんです！」

ミヅハと私の声が偶然にもハモって、この場にいる全員の目が丸くなる。

同じタイミングでミヅハと見つめ合い、瞬きを繰り返していると、天照様がクスクスと笑った。

「あらぁ、仲がいいこと」

からかうような口ぶりに私の頬が思わず染まる。

しかし、ここで黙ってはいられない。

他の神様との結婚話を回避しなければならないのだ。

「婚姻は後にして、まずは呪詛をどうにかする方法を探させてください」

呪詛を祓ってからミヅハと結婚すればいいのだ。

どうやって祓うかはわからないけれど、きっと手段はあるはずだから。

懇願する私を、母様が厳しい顔でまっすぐに見た時——。

「それでは遅いのだ」

凛とした低い声が室内に通った。

ミヅハでも、少彦名様でもない男性の声に皆の視線が向く。

いつから部屋に入っていたのか。

腰まで伸びた艶のある髪は夜の帳(とばり)が降りたような紺に染まり、端整な顔の瞼には紅が差されているこの方は。

「なぁに、アンタ盗み聞きしてたの？　須佐之男」

根の堅洲国を支配している天照様の弟、須佐之男様。

おおいち堂の店主、神大市比売様の旦那様、一夫多妻制を採用しているあの須佐之男様だ。

「やあ、兄上。ノックしようとしたらなにやら騒がしかったのでな。邪魔せぬように入らせてもらったまでだ」

「オイコラ、姉上でしょう？」

優雅な立ち振る舞いで微笑む一夫多妻制の須佐之男様に、私は慌てて頭を下げる。

「お久しぶりです、一夫多……こほん、須佐之男様」

うっかり声に出しそうになると、ミヅハの口元が笑うのをこらえるように歪んだ。

「うむ。先ほど宿の方で来月の宿泊の予約をさせてもらったぞ」

「もうじき河崎天王祭（かわさきてんのうさい）ですもんね」

須佐之男様は牛頭天王とも呼ばれていて、外宮から近い河崎の河邊七種（かわべななくさ）神社に鎮座しており、毎年七月に行われる河崎天王祭のために天のいわ屋に数日宿泊する。

いつもふらっと天のいわ屋に赴き、予約をして帰るのだが。

「須佐之男様、遅いとはどういうことですか？」

婚姻を後にすることについての言葉なのか。

首を捻る私に、須佐之男様は着物の上の長い羽織を肩からかけ直すと、目を細め微笑んだ。

「呪詛は、魂を穢し疲弊させ寿命を奪う。なれば、いつきの死期はさらに早まり明日にも命を……」

「須佐之男！」

天照様の怒号が飛び、一瞬にして室内の空気がひりついたものに変化する。

しかし、須佐之男様は飄々と笑みを浮かべたまま。

「なにかな兄上」

「だから姉上だって言ってんだろうが。それよりアンタ、わざと口にしてるわね？」

ドスの効いた男声でにらむ天照様に、須佐之男様は「その通りだ」と頷いた。

「ここで呪詛に阻まれるは想定外であろう。ならばいい加減、なにも知らぬままでいさせる方が酷というもの。いつきには知る権利がある。瀬織津よ、そうではないか？」

須佐之男様の視線がチラリと母様に向いて、答えを待つように閉じられる。

──呪詛は、寿命を奪う。

私の死期が、さらに、早まる。

「さらに……って、母様、どういうこと？」

問いかけた声が、震えていた。

ミヅハには驚いた様子は見られず、静観している少彦名様もまた畳の上であぐらをかいて母様がどう出るのかを見守っている。

私だけが、なにも知らないということなのだろう。

うつむいていた母様は深く長い溜め息をつくと、覚悟を決めたように顔を上げた。

「仕方ないね。須佐之男さんの言う通り、確かに、こうなっては話した方がいいんだろう」

そう言って、母様は私の目をまっすぐに見つめる。

「いいかい、いつき。あんたはね、二十歳まで生きられないんだよ」

「……え？」

私は、二十歳まで生きられない。

死はもう目前という事実に、恐怖がせり上がり声が掠れる。

「ど……して」

「昔、あんたが事故に遭った時、本当はそのまま死ぬはずだった」

そうして、母様は過去に起こった出来事を聞かせて教えてくれた。

『お願いだ。やっと会えたんだ……いつきを助けてあげられる方法があれば教えてよ！』

あの日、五十鈴川の川岸で血を流して横たわる私を見つけたミヅハ。

せがまれた母様には、私の命の灯火がもう消えかかっているのがわかったらしい。

『斎王の生まれ変わりの少女、か……』

『いつき……いつき……今度こそ、助けてやるから』

『そうだね。ここでいつきを助けなきゃ、ミツがハッピーエンドを願ってあんたに二代目を任せた意味もなくなる』

助けたいとせがまれ、親友の願いを繋げる覚悟を決めた母様は、私を抱きかかえると、須佐之男様を頼るため、根の堅洲国へ急ぎ向かったのだという。

『この子を助けてやりたい』

血にまみれた私を見せると、須佐之男様は『まだ逃れられてはおらぬか』とこぼして笑った。

『さて、瀬織津もかの水神に倣（なら）うと言うか。だが、此度（このたび）は人の生。欠片（かけら）のみで足りよう』

『わかった。やってくれ』

一刻も早く。母様がそう続けると、須佐之男様は右手を優雅な手つきで掲げた。

すると光の粒子が集まり、かつて須佐之男様がヤマタノオロチを倒した神剣、天羽々斬（あめのはばきり）が現れた。

須佐之男様は天羽々斬の切っ先を母様に向けると、魂を砕き、その欠片を私の心臓へと移したのだが。

『う……ぅぅ……』

苦しみだした私の体から黒いモヤがあふれ、覆ったのだという。

母様と須佐之男様は、それが呪詛であるとすぐにわかった。

『千年経ってもまだ欲するか。人の欲深きことよ』

『神にも欲深いもんはいますよ』

『確かに、言われてみれば俺もそうだからな。さて、瀬織津よ。これをどうする』

『はん、あたしを誰だと思ってるんだい。祓ってみせようじゃないか』

罪や穢れの祓いを司る母様は、私の内に巣食う呪詛を祓おうとした。

けれど、その怨嗟は底が見えぬほどに深く、暗く。

完全に祓うことは叶わず、瀬織津姫の名においてようやく穢れを鎮めた時には、本来であれば八十、九十歳の天寿を全うできるはずの私の魂の欠片は、呪いによって擦り減り、二十歳までが限界となっていた——。

そう、か。私にもようやくわかった。

母様が急にミヅハとの婚姻を言い渡したのは、寿命を延ばすための手段だったのだ。

具合が悪くなるタイミングが同じなのも、魂が繋がっているから。

「あの時に力を使いすぎて、今じゃ大して祓う力もない。だから、あたしじゃ今のあんたを助けてやれない。こうして少彦名殿に頼るしかなくて……ごめんね、いつき」

「そんな……そんな、いいの。精いっぱい、私を助けてくれたんだもの」

自らの魂を砕き、私に与えてくれた。

今までなにも起きなかったのは、母様が呪詛の力を鎮めてくれたからだった。

『今日から、ここがいつきの家だよ』

力強くも優しさにあふれた温かな手を繋いで。

『ほら、そんなしょぼくれた顔しなさんな。母様がとっておきの歌を歌ってやるから』

前を向くことの大切さを伝え、導いて。

『いつき、今日の弁当は母様が頑張って作ったから楽しみにしておいで！』

亡くなった両親に勝るとも劣らない無償の愛を注いで育ててくれた。

謝る必要なんてどこにもない。

私の中には前にも増して感謝の気持ちしかないのだ。

「ありがとう、母様。大切な命をわけてくれて、ありがとう」

生きていなければ見られない景色がたくさんあった。

悩むことも、喜ぶことも、笑うことも、泣くことも、恋をすることも、ここまで生きてこられたから感じて、知ることができた。

想いがあふれて鼻の奥がツンとする。

じわりと瞳が潤んで、けれどそれはこぼれ落ちる前に母様の伸ばした手によって拭われた。

「あたしはね、いつきが幸せになってくれれば、それだけでいいんだよ。そしてそれは、ミツの願いでもある」

ミツとは、先代水神様のあだ名だ。

さっきの話の中で『ここでいつきを助けなきゃ、ミツがハッピーエンドを願ってあんたに二代目を任せた意味もなくなる』というセリフがあった。

昨日も天照様から『ただ……そうねぇ、親友の願いを繋ぐために無理をしたから、それが今の瀬織津の体に負担をかけてるのよ』という話を聞いている。

母様の体調に関しては謎が解けたけれど、なぜ、先代水神様はハッピーエンドを願いミヅハを二代目にしたのか。

というか、会話の節々に気になるフレーズがいくつも入っているのだ。

「あの、斎王の生まれ変わりとか、今度こそ助けるとか、千年経ってもまだ欲するとかって一体どういう意味ですか？」

覚えている限りを声に出して誰ともなしに問いかけると、皆の視線が一斉にミヅハに注目した。

母様が「ミヅハ」と呼びかける。

「これについてはあんたが答えてやるべきだろう?」

自分たちよりも適任だと任せると、マイペースな須佐之男様が「立ったままで少々疲れたな」と座卓を囲む座布団に正座した。

天照様も「真面目な話ばかりで疲れたし、お茶でも淹れてひと息入れましょうよ」と提案し、少彦名様まで「茶菓子はあるか」と寛ぎ始める。

そうだ。今までの流れが深刻すぎて忘れかけていたけれど、この場にいる神様たちは皆マイペースな人たちだった。座卓を囲み、湯呑を手にする神様たちを見て、なんという空気クラッシャーだと呆れてしまう。

けれど、その和らいだ空気のおかげで、私の肩から余計な力がわずかに緩んだ。

半ば強引に任されたミヅハは、仕方ないといった様子でそっと溜め息をつくと立ち上がる。

「いつき、中庭で話そう」

「うん」

ミヅハはなかなか食べられないプリンを母様の部屋の冷蔵庫に入れると、私を手入れの行き届いた中庭に連れ出す。

月明かりが降り注ぐ中庭は静けさに包まれていて、ミヅハは石畳の先に続く腰掛けに座った。私もその隣に腰を下ろし、空に浮かぶ十六夜の月を見上げる。

「先に忠告しておく。あの名は、もう口にしない方がいい」

「呪詛の威力を強めるスイッチになっているから、だよね？」

「ああ」

一度目は、カンちゃんから龍芳という名前を聞き、名前を紡いで眩暈を起こし意識を失った。

二度目は、ミヅハに向かって声にしたら涙がとめどなくこぼれ、鎮められていたであろう呪詛が目覚めた。

そして、三度目は心臓に痛みが走り、呼吸がしづらくなった。

まるで龍芳と呼ぶことを怒っているかのように。

「いたずらに寿命を縮めないようにしてくれ」

「ミヅハは知っていたの？　私の寿命のこと」

「魂を与えていたのは初耳だ。だが、急な婚姻がいつきの寿命に関わっている可能性に気付いて、瀬織津姫に聞いたんだ」

おはらい町を歩きながら神族との婚姻のメリットについて話していた時に、ミヅハが確かめたいことができたと言っていたのを思い出した。

その後、ミヅハは母様の部屋を訪れ、尋ねたらしい。

『いつきの寿命のために、婚姻しろということなのか？』

『……言っただろう？　その時がきたら、ミヅハがいつきを助けてやるんだと』

母様から、私に寿命のことは黙っておけと口止めされたミヅハ。

けれど、呪詛についてと、私が二十歳まで生きられないことは聞かされていなかったと語った。

「急いた感じはあったが、もう少し猶予があるものと思っていた。だから、俺の頭にあったのは、幼い頃に瀬織津姫と交わした約束が、この婚姻に繋がるということだけだった」

「約束って？」

中庭を眺めるミヅハの横顔に問うと、瞳が懐かしそうに細められる。

「事故に遭ったいつきが一命をとりとめた時、瀬織津姫から言われたんだ。〝いつきが成人する頃、もう一度試練が訪れる。その時は、あんたが助けてやるんだよ〟と」

「試練……寿命のことかな」

「そうだろうな。婚姻を結んで、いつきの命を助ける。それが俺の役目だ」

――役目。

事務的で固く冷たい響きに、心がズンと重くなる。

つまり、ミヅハは母様との約束を守るため、役目だから私を好きになろうと努力をしてくれていたのだ。そっけなくする必要がなくなったというのも、役目だから。

寿命が尽きそうだという状況で、せっかく再熱した恋心が早くもブロークンしそうで泣きそうだ。

かといって、他の神様と結婚するからいいやという気持ちにもなれず、むしろこうなったら絶対にミヅハと結婚してやると謎の気合スイッチが入る。

「でも、今のままじゃ呪詛が邪魔して私たちは一緒になれないのよね……」

「……そうだ。そこで、さっきいつきが口にした疑問に繋がる」

いよいよ答えが得られるのだと、私は背筋を正してミヅハを見つめた。

灯籠の灯りにやわらかく照らされたミヅハの横顔。

彼は一度だけゆっくりと瞬いて、中庭の景色から私へと視線を移した。

「瀬織津姫と少彦名殿の話から察すると、いつきに巣食う呪詛は、千年以上前、ある男の怨嗟によって、いつきの魂に刻まれたものとみて間違いないだろう」

「魂に……」

私の体ではなく、心臓でもなく、魂に呪詛が刻まれている。

なんとなく右手を心臓のあたりにそっと当てると、小さく弾む鼓動を感じた。

「過去になにがあったの？」

「……簡潔に話すと、いつきは斎王という神の意を受ける依代（よりしろ）の役目を担い、伊勢神宮に奉仕していた。だがある日、ひとりの男によって殺された。呪詛は恐らく、その男が植えつけたものだろう」

「こ、殺されたっ!?」

呪詛だけでも物騒な話なのに、サスペンス劇場まで起こっていたとは。

「え、え、待って待って。殺したあげく、さらに呪詛まで？　その人、前世の私をすっっっごく恨んでたってこと？」

「恨んでいたのかはわからない。だが、かなり執着していたのは確かだ」

執着と聞いて想像するのはストーカーだ。時々、殺人事件を起こし世を騒がせたりするけれど、千年前の私もストーキングされていたのだろうか。

千年経っても残る呪詛なら、執着だけでなくやはり恨みのようなものも持っていたのかもしれない。

「つまり、千年前の私は斎王と呼ばれる職についていて、その私を手にかけ呪いまでかけた人がいる。それが転生してもなお私を困らせてるってこと？」

「その通りだ」

「えぇ～、めっちゃ迷惑」

いやしかし、そうされる原因を作ったのが前世の私なのだとしたら致し方がないのかもしれない……が、だとしても殺したり呪ったりはやりすぎな気がする。

それとも、昔はそんなのが当たり前だったのだろうか。

末代まで呪ってやる……なんてセリフを時代劇とかで聞くこともあるくらいだし。

「その、私を殺した人って誰なの？」

「教えられない。名を知り紡げば呪詛を刺激しかねない。なにより、知ることで千年かけて薄れてきた悪縁を結び直してしまう危険もある」

続けてミヅハは話す。

皆が私の前世について触れてこなかったのも、悪影響を及ぼす恐れがあったからだろうと。加えて、人と違い、長い時を生きる神やあやかしたちには、転生を繰り返す者に前世の縁をみだりに告げてはならないという暗黙のルールがあるのだとか。

今回は状況が状況なだけに珍しいケースであると聞かされ、私は納得する。

「というか、どうしてそんなに詳しいの？」

母様たちに適任だとか、ミヅハが答えるべきだとか言われていたけれど、確かに私の前世に詳しい。

私が知らないだけで、実は伊勢斎王の歴史のスペシャリストという意外な一面でもあるのかも、などと想像していたのだが、ミヅハの瞳が悲しそうに揺らいだ。

「詳しいのは……俺も、その時代に生きていたからだ」

「え？　そうなの？　神様として？」

二代目水神になる前の話だろうかと首をかしげてから気付く。

ミヅハは神様としては年若く、まだ何十年も生きてはいないはずだ。

なにせ出会った頃は、ミヅハも子供の姿だったのだから。

では、どういうことなのだろうかと再び首をかしげた時、思い出した。

幼いミヅハが悲痛な声でこぼした言葉を。

『お願いだ。やっと会えたんだ……いつきを助けてあげられる方法があれば教えてよ！』

『いつき……いつき……今度こそ、助けてやるから』

神様として年若いミヅハが、やっと会えた私を、今度こそ助ける。

その意味は。

「俺は……斎王となって悲しむお前を救うことができなかった……」

そこまで話したミヅハは、難しい顔で口を噤んでしまった。

「ミヅハ？」

うつむく横顔に遠慮がちに声をかけると、ミヅハの瞳が再び私を捉える。

しかし、その視線はどこか迷うように揺れ、やがてぽつりと言葉の続きを紡いだ。

「情けない、幼馴染だ」

「幼馴染……」

声に落としてなるほどと納得する。

ミヅハも私と同じく転生していたのだ。

そして、前世でも幼馴染という関係であったなら、確かに詳しくて当然だ。

「そっか。だから、色々と前世の私のことを知ってるのね」

きっと、困っていた前世の私を助けようとしてくれたのだろう。けれど叶わず、転生し、事故に遭った私を今度こそと必死に助けようとしてくれたのだ。

「ありがとう、ミヅハ」

千年経っても変わらない優しさに感謝を伝えるも、ミヅハはまたうつむいてしまう。

なにやら先ほどから様子がおかしい。

もしかして、ミヅハの過去に触れてはいけなかったのだろうか。

「ミヅハ？　話したくないことだった？」

そうであったなら申し訳ない。

無神経に尋ねてしまったことを謝ろうとした時、ミヅハは顔を上げ、緩やかに首を振って微笑んだ。

「……いや、そうじゃない。気にするな。それより、本当にこれ以上は、どこで呪詛を刺激するかわからない。今夜はここまでにして、呪詛をどう祓うかはまた明日考えよう」

そう言って、話は終わりだと告げるようにミヅハは腰を上げた。

確かにもう遅い時間だ。寿命のこともあり不安は大きいけれど、母様たちも話が終わるのを待っているだろうし、そろそろ戻った方がいい。

そう思い、私も立ち上がったのだが……。

ずっと心のどこかでひっかかっていて、今不意に繋がったものの答えをどうしても知りたくなり、ミヅハの背に「待って」と呼びかけた。

一歩踏み出した石畳の上で、ミヅハがこちらを振り返る。

月の光を受けた黒髪が夜風にさらりと揺れた。

「なんだ」

「ひとつ、質問させて。呪詛がミヅハを弾くのは、ミヅハが、た……名前を口にできない〝彼〟だから？」

これは、単なる勘ではない。

ミヅハと私が前世で、幼馴染であったこと。

カンちゃん曰く、ミヅハはカンちゃんの古い友人、龍芳に似ているということ。

そして、あの夢だ。

夢の中の河童と同じ傷がカンちゃんのお皿にもあった。

あの夢が現実であるならば、道の向こうからやってきた幼馴染の彼。

顔は確認はできなかったけれど、彼こそがミヅハの前世ではないのか。

夢で見たあの日に、カンちゃんと前世のミヅハが出会っていたなら。

呪詛が龍芳の名に反応し、ミヅハを弾くのなら。

「ミヅハが〝彼〟なんでしょう？」

──沈黙。

ミヅハは私を凝視し、月に照らされたまま動かない。

瞬きすらせず、しかしその双眸には確かに動揺が見てとれる。

沈黙は肯定とはよく言ったもので、ミヅハはくるりと背を向けると、ようやく「どうだろうな」とだけ答えた。

「その答え方、怪しさ満点だよ」

「答えて呪詛が反応したらどうする」

「いやもうそれ答え言ってるようなもんだし、なんかちょっと息苦しいから絶対そうだと思うんだけど」

ほぼ確定なのだろうけれど、さっきミヅハは呪詛の力を強めてしまうことを懸念していた。だから、言いたくても言えないのかもしれない。

そして、自分が龍芳だとあえて答えないのは、私を守ろうとしてくれているから。

「この呪詛は、前世で私の幼馴染であるミヅハを近づけたくないってことかな」

「だろうな。いつき、もういい加減体に障る。知りたいことがあれば呪詛が消えてから全部話す。だから、今は我慢してくれ」

「……わかった」

風が吹いて、木の葉を揺らす。

私は息を吸い込むと、ミヅハに続いて歩きだした。

少し、胸の内がスッキリしている。

寿命のことや呪詛についてはショックだけれど、今まで腑に落ちなかったものが明らかになったのだ。

もちろん、先代水神様の願いや、呪詛を植えつけた相手のこと……はあまり知りたくない気もするけど、とにかくまだわからないことはある。

でも、今はこれで十分だ。

ミヅハの言う通り、まずは呪詛を祓ってから。

まだ絡まっている糸は、成すべきことを成してから、ひとつずつ解いていけばいい。

笑みをひとつ浮かべる。

心からとはいえなくとも、ほんの一ミリでも前向きでいるために。

「ミヅハ、今日は寝不足もあって疲れたでしょう？　報告は私から母様たちにしておくから、このまま部屋に戻っ――」

「俺のプリンを置いてはいけない」

食い気味に、加えて真面目な顔でプリンの話をするものだから、私は吹き出してしまう。

今度は自然と笑えて、些細なことだけれど、やっぱり私はミヅハのことが好きなのだと素直に思えた。

「そうよね、大事よね。プリン」

「プリンを楽しみに午後の仕事を頑張ったんだ」

「うん、お疲れ様」

クスクスと笑うと、ミヅハの表情も少しやわらかいものに変わる。

美しくも男性らしい節くれだった手が私の頭へと伸ばされ、けれど触れる前に引っ込められると、撫でる代わりに彼は優しく微笑んだ。

「報告は俺がしておく。いつきも早く休め」

「うん。ありがとう」

おやすみと言葉を交わし合い、別れる。

そうして自室に戻った私は、眠る直前、意識を手放すまで、呪詛を祓うためになにができるかを考え続けた。

【五章】遠い過去に手がかりを求めて

自身の置かれた状況が判明した翌日、私の日常は特に変わりなく続いていた。

眩暈もなく、痛みも息苦しさもなく、いっそすべて夢でしたと言われても信じてしまえるくらいに、私はいつも通り、天のいわ屋で働いている。

「お疲れ様です」

午前中の仕事を済ませ、昼食をとろうと休憩室に入ると、珍しく従業員が全員そろって箸を手にしていた。

「あれ、今日は賑やかですね」

誰ともなしに話しかければ、カウンター席に座る夕星さんが、箸を置いて代わりに湯呑を手にする。

「たまたま皆、仕事が落ち着いたらしくてね」

優雅にお茶をする夕星さんの隣では、朝霧さんが自分の肩をとんとんと叩く。

長い睫毛にふちどられた瞳に私を映すも、浮かべた笑みは弱々しい。

どうやらお疲れモードのようだ。

「私、肩揉みましょうか？」

「平気よ、ありがと。いつきちゃんは本当に優しいわね。あのおクズ様に爪の垢を煎じて飲ませてやりたいわ」

おクズ様とは、セクハラ行為を働くあやかし客に対し、朝霧さんがつけた呼称だ。

聞けば、本日チェックアウトしたあやかし〝枕返し〟が、給仕をする朝霧さんに『あなたの枕をひと晩中返したい』としつこく口説いていたのだとか。

「わぁ……それは災難。美しいのも大変ですね」

悩まし気に疲労感たっぷりの息を吐いた朝霧さんに「お疲れ様でした」とねぎらいの言葉をかける。

すると、丸いテーブル席について咀嚼していたものを飲み込んだカンちゃんが「そーいや姫さん」と私を呼んだ。

「女将と若旦那、天照さんと一緒に高天原に出かけたって？」

「あ……うん」

答えて、今朝の光景を思い出す。

仕事の支度を始めていた私の部屋に母様とミヅハが訪れた。呪詛を祓う手立てはないか、高天原に行って探してくると。

少彦名様も高天原に御用があり同行するとのことで、もしものためにと仁丹を置いていってくれた。

ちなみに、須佐之男様は神大市比売様のところへ行くと言っていたようだけれど、大丈夫だろうか……などと心配しているうちに、皆の話は進む。

「なんでも大事な用事があるらしいね」

夕星さんが「ごちそう様」と箸を置くと、同じく食べ終えたカンちゃんがテーブルに頬杖をついた。

「いいなぁ、オレもたまには遠出したいな。東京とか興味あるんだよな。流行りのものいっぱいありそうだし」

観光だけでなく買い物も楽しみたいと語るカンちゃんに、「東京か……」と大角さんが思案顔でつぶやく。

「あそこには巨大なダンジョンがあると聞いたことがある」

「ダンジョン?」

なにやらファンタジーの匂いが漂う響きだ。

思わず首をかしげる私に、大角さんはひとつ頷いた。

「目的の出口になかなか辿り着けないという噂だ」

そんな迷路みたいなものが東京にはあるのか。

テレビや雑誌などでしか見たことのない都会のスケールに慄いていると、厨房とを隔てている簾が少しだけ持ち上がる。

すすとこちら側に押し出されたのは、松坂牛を使った焼肉定食だ。

「い、いつきさん、どうぞ……」

「ありがとうございます!」

今日も豊受比売様の作るまかない料理は美味しそうで、思わず涎……ではなく、笑みがこぼれる。

さっそくいただこうと夕星さんの隣に座った直後、簾のすぐ向こうから「い、今の話、もしかして東京駅のことでしょうか」と豊受比売様が遠慮がちな声で確かめた。

彼女の言葉にいち早く反応したのはカンちゃんだ。

「豊受比売さん、もしかして行ったことあるんすか？」

「い、いえ、前にネットでそんな記事を見て……」

豊受比売様の答えに、皆は一様に「なるほど」と納得する。

ネットサーフィンが趣味だからこそ、知識が豊富なのだと。

東京駅はダンジョン並みの広さで迷いやすいとの話を聞きながら、甘辛のタレが漬け込まれた松坂牛を味わう。

すると、ゆっくりと茶を喉に流し込んだ夕星さんの体が、少しだけ私へと向けられた。

「東京の話はさておき、大事な用で高天原に行くというのは、もしかしていつきさんに関係しているんじゃないのかい？」

「えっ……」

驚く私の表情を見た夕星さんは、フフッと眉を上げて笑う。

「夕星さん、どうして」

私のことだとわかったのか。

疑問の言葉は続けなくとも伝わったようで、夕星さんの口が再び動く。

「僕の妖力で……と言いたいところだけど、申し訳ない。耳がいいもので、通りすがりにうっかり聞いてしまったんだ」

ピンと立てられた狐の耳。

しかしそれはみるみるうちに倒れ、憂いを帯びた夕星さんの瞳が私を捉える。

「君の魂が呪詛に侵され、寿命がもうすぐ尽きるのだ、と」

紡がれた言葉の不穏さに、休憩室にいる皆の動きが止まった。

瞠目した皆の視線が私に注がれる中、夕星さんが謝る。

「皆の前で明かしてすまない。けれど、水くさいじゃないか。僕らは家族みたいなものだろう」

「そうよ！　一体どういうことなの。いつきちゃんの寿命とか、呪詛とか」

夕星さんの肩を押し退けるようにして朝霧さんが顔を覗かせた。

「ごめんなさい。黙っていたわけじゃないの。色々あって、私も昨夜聞かされたばかりで」

夕星さんと朝霧さんだけでなく、テーブル席にいるカンちゃんと大角さんにも視線を送る。

そう、確かに意図的に黙っていたわけじゃない。母様たちに話すなと口止めをされてもいない。けれど、心優しい皆に心配をかけたくないという気持ちがあった。

でも、何度も倒れ、すでに何度も心配をかけてしまっているのだ。

やはりきちんと説明するべきだろう。

「せっかくの休憩中に暗い話になって申し訳ないんだけど、実は――」

そうして私は、昨夜聞かされた内容を皆に打ち明けた。

母様が命を砕いて欠片を与えてくれたおかげで、今、私が生きていること。

しかし、前世の私に植えつけられた呪詛が原因で、二十歳の誕生日を迎えることはできないのだと。

その対応策として、急遽（きゅうきょ）ミヅハと婚姻を結び、寿命の問題をクリアするはずだった。

だが、その矢先、母様が一度は鎮めた呪詛が再び発動し、ミヅハを弾いて私に近寄らせなくなった……と。

話し終えると、カンちゃんがバンダナをかぶった頭を抱える。

「待て待て、待ってくれよ。情報多すぎだが、つまりなんだ。姫さんの魂に植えつけられた呪詛のせいで、死にそうだし若旦那と結婚もできないと」

「そうなの。前世の私がどうしてそんなものをもらう羽目になったのかは詳しく知らないんだけど」

箸を手にしたまま答えた私に、大角さんが真剣な眼差しを向け腕を組んだ。

「前世の話は、誰から、どこまで聞いたんだ？」

「ミヅハに、呪詛が反応すると困るからって言われてさらっとだけ。教えてもらったのは、千年以上前、私は斎王として伊勢神宮に奉仕していて、ある日、呪詛を植えつけた男の人に殺された。その頃ミヅハはカンちゃんの友人でもあって、私を救うことができなかった私の幼馴染だった……という感じです」

「幼馴染の名前は、若旦那から聞いたか？」

大角さんの低く落ち着いた声でさらに尋ねられ、私は緩く首を横に振った。

「カンちゃんから聞いた名前の人であるかは、私から確認しました。でも、呪詛の反応が怖いからって、頷いてはくれなかったんです。なにせ、その名前をミヅハに向かって口にしたら呪詛が発動したっぽくて」

だから、むやみに口にしないように気をつけていると説明すれば、大角さんと朝霧さんがカンちゃんに厳しい目を向ける。

「ニャ！　干汰、お前は余計なことを」

「わ、悪い！　まさかこんなことになるとは。姫さん、ごめんな」

「ううん。むしろ、いろんなことがわかってきてスッキリしてるから気にしないで」

「姫さん……くうっ……ありがとうな！」

「もうっ、いつきちゃんはお人よしすぎるんだよ」

朝霧さんが呆れたような、それでいて愛しむような瞳で私を見つめる中、カンちゃんが「にしても、そうか……若旦那はついに話したのか」と、感慨深げにこぼした。

続けて「オレもなんだ」と告げる。

「え？」

「前に酔って話しただろ？　助けてもらったのに、助けられなかったって。あれは、姫さんのことだ」

「えっ⁉」

「オレだけじゃない、大角もそうだ。昔の姫さんに救ってもらって、今がある」

そうなんですかという視線を大角さんに送ると、大角さんはこくりと頷いた。

「夕星さんたちは？」

ふたりと同じように、もしかして前世の私と面識があったのではと思い尋ねる。

しかし、夕星さんと朝霧さんは頭を振って否定した。

「僕や朝霧は前世の君と面識はないよ。でも、昔から伊勢に住むあやかしの間では有名な話だ」

——昔、神やあやかしと心を通わせることのできる人の娘がいた。

それゆえに娘は人々から気味悪がられていたのだが、いつしか人とあやかしたちの間に生じる問題を解決するようになり、少しずつ双方の信頼を得た。

その活躍は村々に広がり、やがて娘の類まれなる力の噂を聞きつけた当時の天皇に見初められ、伊勢斎王となった。しかし……。

語る夕星さんの言葉が途絶える。

「しかし、なんですか？」

「……いや、話しすぎれば君の毒となるだろう。ともかく、面識はないが、いつきさんと若旦那が前世で知り合いだったこと、君が有名な斎王の生まれ変わりであることは、僕と朝霧は知っている。なんせ若旦那が幼い頃に教えてくれたからね」

「運命の子に再会できたんだってね。フフッ、あの頃の若旦那は素直でかわいかったわよねぇ」

朝霧さんは微笑ましそうに笑って、色っぽく小首をかしげる。

「実はこの宿が、その伊勢斎王を心配してついてきた千汰と大角のために天照様が設立なさった話も聞いたかしら？」

「そうなの!?」

またしても驚く私に、カンちゃんと大角さんがそろって相槌を打った。

「最初はさ、本当に小さい宿だったんだ。民宿みたいな感じで、その頃はまだ瀬織津姫さんも女将じゃなく、ただ天照様に言われて手伝ってるだけだった」

「ああ。俺たちも、恩返しに手伝いながら世話になっていた。懐かしいな」

小さな宿が、今では多くの神、あやかしが泊まるようになり、従業員も増えて立派な宿へと成長した。

それにしても、まさか天のいわ屋の設立が、前世の私と関わっていたとは予想外だった。どうにかついていってるけれど、昨日から驚くことが多すぎる。

「にしても、呪詛を植えつけてたとは、いい加減腹立つぜ。なぁ、大角」

「ああ。殺めるだけじゃ飽き足らず……卑劣だな」

怒りを露わにするカンちゃんと大角さん。

簾を挟んで様子をうかがっていた豊受比売様が「あの……」と声を発した。

「いくら深い恨みがあっても、人が放つ呪詛が千年も続くもの……なんでしょうか？」

豊受比売様曰く、神やあやかしならばその命ある限り呪い続けることは可能だが、寿命の短い人の場合、死ねば呪いも薄まってやがて力も尽きるはず。千年続くばかりか、母様の力でも祓えないのは異常なのではということだ。

顎に手を添えて、豊受比売様の話を静かに聞いていた夕星さんが、ふと顔を上げた。

「もしかしたらだけど、なにか呪具を使用していて、それが現存するんじゃないだろうか？」

「おおっ、さすが犬！　賢い！」

「僕は狐だ、河童！」

カンちゃんと夕星さんがいつもの如くじゃれ合うのを横目に、朝霧さんがなめらかな頬に細い指を添える。

「けど、呪具を使った確証もないのよね。あやかしの知り合いに聞いたりして、少し調べてみましょうか。とはいっても、神もあやかしも人の世に深く関わらない者が大半だから、なかなか難しいかもしれないけど」

「そうだな。骨は折れそうだが僕も協力しよう」

「わ、私もネットでそれらしい情報がないか探してみます」

朝霧さんだけでなく夕星さんと豊受比売様まで力になると言ってくれ、私は感謝に胸を震わせた。

「よっし。それっぽいのがなかったか、オレも思い出してみるよ」

「俺も記憶を辿ってみよう」

カンちゃんと大角さんも続き、私は椅子から降りると皆に向かって深く頭を下げる。

「ありがとうございます！」

優しくて心強い味方の存在に頭が上がらない思いでいる私の耳に、カンちゃんが感嘆の息を吐くのが聞こえた。

「にしても、そうか〜。これがうまく片づいたら、姫さんと若旦那は晴れて結婚か」

「うん、おめでたいね」

「はぁ〜、相手が若旦那なら仕方ないわね。許すわ。なんせほら、運命だしね？」

なにやらお祝いムードになり始めたあげく、朝霧さんのからかうような口ぶりに、私はすごすごと席に戻る。

寿命のことや呪詛のことはいい。

でも、婚姻に関してはギリギリまで黙っておくべきだったかもしれない。

幼い頃のミヅハには悪気なんて欠片もなかっただろうことは承知なのだが、なぜ運命だなんて話してしまったのか。

いや、正直に言えば嬉しいし想像するとかわいいのだけれど、恥ずかしくて居たたまれない私は、顔を赤らめつつ急いでお昼ご飯を頬張った。

夕方から降り始めた雨はいよいよ雨脚を強め、窓を打ち濡らしている。

「伊勢、呪具、伝承だと……うーん……三種の神器かぁ。さすがに神聖な宝物が呪術に使われてたら、天照様たちも気付くよね」

宿の仕事も終わり、自室にてスマホを手に検索ワードを変えつつ、昔から現存する呪具を調べていた時だ。

雨の降る音に混ざって扉をノックする音が響き、次いでミヅハの「俺だ」という声が聞こえた。

「おかえりなさい！」

高天原から帰ってきた彼を迎え入れると、ミヅハはやわらかく目を細め、「ただいま」と返す。

そんな一連のやり取りが、なんだかすでに夫婦になったみたいでくすぐったい。

「それで、どうだった？」

小さな座卓を挟んでミヅハに問うも、彼はゆるゆると首を横に振る。

「収穫はほぼない。穢れを祓うアイテムや薬はいくつか置いてあった。が、少彦名殿の見立てでは、いつきの命の灯がわずかとなっている今、使えば下手に刺激するだけで、逆に命を脅かしかねないとのことだ」

私の体に負担なく祓える方法は見つからず、それでも諦めまいと母様と天照様はもう少し粘ってみるとのことで、ふたりが戻るのは明日になることを伝えられた。

また、豊受比売様が疑問を持ったように、天照様と母様も、人の呪いがそこまで強くあり続けられることを不思議に感じていたとのことで、呪具、もしくはあやかしと化している可能性もあるのではという話になったらしい。

朝霧さんが強い恨みから絡新婦になったように、呪いをかけた者もなんらかのあやかしへと変貌を遂げ、今日まで生きながらえているのではと。

「それは確かめられるの？」

「あやかしとならずに死したのなら、黄泉の国の記録書に名が記される。死者は皆黄泉の国へ向かうからな。だが、黄泉の国へは簡単には入れないし、記録書を見るとなれば手続きが必要で、時間もかかると天照様は言っていた」

「そうなんだ……」

黄泉の国に入り、記録書を見るための手続きにはどれほど時間を要するのか。

呪詛だけでなく寿命のこともある今、それを待ってから動いては手遅れになるかもしれない。

ならば、手続きはしておきつつ、自分たちでもできることを進めていくのがベストだろうと考えていると、ミヅハが再び口を開いた。

「ただ、あやかしとなっている場合、今までいつきの前に現れていないことが不思議だ」

「私が転生したことに気付いていないからじゃなくて？」

「あり得なくはないが……千年も前から生きているあやかしとなると力もあるだろう。なら、呪詛が発動した時点でいつきが転生していると勘付けるはずだ」

言われて得心する。

前世の私に執着し、千年経って転生してもなお呪詛で縛るようなストーカーだ。あやかしとなって生きながらえているなら呪詛の気配を辿り、すでになんらかのアクションを起こしていても不思議ではない。

だけど、今のところ特に変わった様子は……。

あったかも、しれない。

さくちゃんと会って別れた後、誰かに呼ばれた気がしたことがあった。

でも、それが千年ストーカーのものとは限らない。むしろ千年ストーカーであれば、名を呼ぶだけではすまないだろう。

勝手なイメージだけれど、呼び続けておびき寄せるくらいはしそうだ。

ミヅハに余計な心配をかけたくないので、特に報告はしないでおくことにした私は、思い浮かんだもうひとつのケースを口にする。

「じゃあ、あやかしになったけど、私が転生する前に死んでしまったパターンは?」

「それもあり得なくはないな……」

永遠にも近い時を生きる神々と同様、近い存在のあやかしにも寿命はない。

けれど限りはあり、穢れや怪我により命を落とす。

また、邪神や妖邪に身を堕としていれば、司天寮に所属する陰陽師たちの手により調伏(ちょうぶく)された可能性もある。

「とりあえず、呪具にせよあやかし化にせよ、調査は必須だね」

進展のない今、私たちができることは呪詛を祓うための手がかりを見つけることだ。

ミヅハが「そうだな」と頷いたところで、昼間、休憩室で皆と話したのを思い出す。

「そうだ！　カンちゃんたちも協力してくれるって」

「干汰たちが？　話したのか？」

「昨夜、偶然通りかかった夕星さんに聞かれていたみたい」

休憩中のやり取りを簡単に説明し、それぞれに動き始めてくれていることを伝える。

耳を傾けていたミヅハは「そうか……」とつぶやいた。

「なるべく巻き込みたくはないが、時間もないし助かるな」

「うん。心強いよね。ひとまず、引き続き調べつつ母様たちの帰りを待とう」

「ああ。ところで、体調はどうだ？」

「今日は特に。眩暈も息苦しさも出なかったし、大丈夫」

そう、今のところは大丈夫だ。けれど、いつどうなるかわからない不安はずっと胸の内にあり、それは油断すればあっという間に重く圧しかかる。

でも、弱音なんて吐いている暇はない。

うつむいていたら、大切なものを見過ごしてしまう。

刻々と迫る命の終わり。その恐怖に負けないよう、膝の上で拳をきつく握る。

「ミヅハ、心配してくれてありが――」

「こんな時まで強がるな」

真剣な眼差しと気遣わし気な声に、私の言葉は最後まで紡がれることなく行き場を失った。

「俺は……幼い頃からずっと、いつきが気丈に振る舞う姿を見てきた。人には視えないものが視えることで人の子らにいじめられ、泥にまみれて帰ってきても弱音を吐かずに、こんなの大丈夫だと明るい表情を見せていたのもよく覚えている」

ああ、懐かしい話だ。確かにそんなこともあった。

小学校のガキ大将に目をつけられて、まだごまかすのもうまくできなかった私はひたすら黙ってやり過ごした。それが気に食わなかったようで、私は泥団子を数個、ガキ大将とそのお仲間たちに投げつけられたのだ。

幸い怪我もなく帰宅したのだが、私の姿を見た宿の皆は大層心配し、ミヅハは怒って『今からやった奴を川に沈めてくる』と物騒なことを口走っていたっけ。

正直に言えば、いじめられるのは悲しかったし、嘘つき呼ばわりされるのは悔しかった。

でも、私には心の拠り所である天のいわ屋の皆がいる。だから大丈夫だと思えていたのだ。

今もそれは変わらない。窮地に追い込まれた私に手を差し伸べてくれる皆がいるから、膝をついたとしても立ち上がり、踏ん張れる。

ただ、さっきも感じていたように、死への恐怖や不安は確かに私の中に存在している。負けないようにと必死に気持ちを奮い立たせるのは……言われてみれば強がりに似ているかもしれない。

「そ、うだね。だけど、ウジウジ悩むよりは、前向きに考えた方がいいでしょう？」

「いや、ウジウジ悩め」

「えぇぇ～……」

まさか命令口調で言われるとは予想外だ。

戸惑う私をよそに、ミヅハは静かに目を伏せる。

「……千年前、俺の幼馴染も大丈夫だと笑っていた。自分を気にかける友がいて、ほんの少しでも幸せな時間があるなら、それだけで満足だと。だが、俺は彼女の隠した弱さに気付けず、最悪の結果を迎えた」

ミヅハが話すのは、千年前に生きていた私たちの物語だ。

同じ道を辿るなと伝えたいのがわかる。

「寿命が尽きかけ、呪詛に侵されているんだ。大丈夫なわけがない。つらいなら、そう言ってくれていい。泣きたいなら好きなだけ泣いてほしい。でなければ、いつか壊れてしまう。俺はもう、死に別れるのはごめんだ」

「ミヅハ……」

ミヅハから向けられる優しさと、言葉に乗せられた後悔に胸が詰まる。

なんと返せばいいのかわからず、けれど、私の中にある苦しみを吐露し、甘えていいのだと促してくれたミヅハに「ありがとう」と、泣きそうになりながら感謝した。

潤む瞳に映るミヅハは、相変わらず私をまっすぐに見つめていて、再び唇が動いたかと思えば……。

「だから、万が一の時は、俺の命を使う」

とんでもないことを口にした。

「なに、言ってるの」

「呪詛を祓う手立てがないなら、瀬織津姫がしたように俺の命を砕き、いつきに与える」

母様がしたように、ミヅハの命を砕いて私に与える？

呪詛が残った状態でそんなことをしたら、母様と同様、弱ってしまうのではないか。ましてや、母様でも手こずったほどの呪詛だ。

五十鈴川の水神であるミヅハも、穢れを祓い清める力があると本人から聞いてはいる。だが、まだ神様として年若いミヅハは、その力を完璧に使いこなせてはいない。

だとすれば危険すぎる。

「いつきを救うことは俺の役目だ。前は、非力な人でただ約束を残すことしかできなかった。だが今生は、神として生まれることができた。前よりもずっと、大切な人を守る力を得られたと思っている」

――大切な人。

それが私のことを指しているのであれば、とても嬉しい。

けれど、私も大切だからこそ、ミヅハに無茶なことはしてほしくないのだ。

「やめて。役目だからってそこまでしなくていい！」

「悪いが、これだけは譲れない。今度こそ、あいつから解放してみせる」

決意の強さを宿す瞳が、制止する私を射抜く。しかし、引けないのは私も同じだ。

ミヅハに無茶はさせまいと、座卓に手をつき身を乗り出したのだが、取り合う気はないのだろう。

ミヅハは立ち上がると「そろそろ部屋に戻る」と淡々と告げ、背を向けた。

「おやすみ」

「あっ、ミヅハ！」

無情にも閉ざされた扉をしばらく見つめ、私は長い溜め息をついて座卓に突っ伏す。

ミヅハの命を使うなんて、そんな危険なことはさせたくない。

それならば、万が一の時がこないうちに呪詛を祓えばいい。

「急いで見つけないと」

シンと静まり返る室内に、こぼした声が溶けて消える。

気付けば、さっきまで忘れていた雨音が耳に戻ってきていて、私は焦りを落ち着かせるように瞼を下ろした。


日付が変わり、朝が来る。

前日から続く雨は勢いを弱めつつあるものの、相変わらず大地を濡らしていた。

しとしとと降り続ける雨模様の中、いつも通りに働く私。

やがて休憩の時間を迎えると、昼食も食べずに自室に駆け込みスマホを耳に当てた。

数回、コール音が繰り返されると、『おう』という低く渋い声が聞こえる。

『久しぶりだな、嬢ちゃん』

「お久しぶりです！　お元気でしたか、阿藤(あとう)さん」

阿藤さんは、退魔のエキスパートたちが所属する極秘機関『司天寮』で働くダンディーな陰陽師だ。

管轄は伊勢市内で、現在は陰陽師たちをまとめる陰陽師長という役職に就き、私が事故に遭った際に担当となって以来、ずっとお世話になっている。

実のところ、天のいわ屋に住みながら現世で難なく教育機関に通うことができていたのは、阿藤さんが色々と手配してくれたおかげだったりもする。

チャームポイントは顎髭だと、昔本人からの自己紹介でアピールされたのがなぜか忘れられない。

『ぼちぼちな。で、どうした？　嬢ちゃんから電話なんて珍しいな。もしかしてうちのスカウト受ける気になったのか？』

「ごめんなさい。陰陽師より宿の仲居の方がいいので」

『ハハッ、そりゃ残念だ。嬢ちゃんの視る力はぜひ欲しいんだがな。じゃあなにかあったのか』

「実は……」

期待に沿えず申し訳ないと思いつつ、阿藤さんに自分の置かれた状況を説明する。

阿藤さんとはあまり会っていないので、カンちゃんたちに話すよりも少し詳しく。

『神サンの力でも祓えなかった呪詛、か』

機械越しに、阿藤さんが小さく唸ったのが聞こえる。

「司天寮になにかいいお祓いアイテムとかないですか？」

『祓いの札はいくつかあるが、そんだけ強力なもんだと、神サンたちも懸念してるように、下手に刺激をするだけで嬢ちゃんを危険に晒(さら)す可能性が高いな』

「そう、ですか……」

『悪いな。うちは祓うっつっても封印と滅することに特化してる機関なんだ』

そう言ってから、阿藤さんは二十年ほど前にしつこい呪詛を祓った事例について話してくれた。

呪詛を受けたのは二十代の男性。心霊ツアーに参加し、とあるあやかしの塚に悪戯をしたことが原因で呪詛を受けたらしい。

司天寮が対処した時はすでにかなり衰弱していたらしく、五人がかりで呪詛を男性の体から引き離すことに成功したものの、体にかかった負担は大きく……数時間後、亡くなってしまったと。

私の中に巣食う呪詛がそれよりも強い力で根を張っているのなら、数時間ともたないかもしれない。

そう言われ、押し黙った私に阿藤さんは『脅かすようで悪いな』と謝った。

「いえ……肝に銘じます」

『ただ、嬢ちゃんの話を聞いて、ちょいと気になることがある』

「気になることですか？」

ライターの火をつける音が微かに聞こえると、タバコを吸ってひと息ついたらしい阿藤さんが『ああ』と答える。

『魂に根っこ張ってる呪詛だとしても、千年も経ちゃあ神サンなら祓えそうなもんだ。だが、瀬織津姫サンでも祓えなかった。そうだな？』

「はい」

『で、ここからは俺の予想だ。千年経って弱まっていた呪詛の力は、一度復活したんだよ』

「いつですか？」

『嬢ちゃんが事故に遭った時だ』

事故に遭った時に、力が復活？

なぜそう思ったのかという疑問は、口にする前に阿藤さんが話してくれる。

『黒いモヤ、覚えてるか？』

「はい」

忘れるわけがない。両親が他界する原因になった事故で見たものだ。

今でも、あの禍々（まがまが）しいモヤに覆われたトラックの姿は鮮明に思い出せる。

『あいつがなんだったのかは未だにわからないままだ。だが、もしもそいつが、嬢ちゃんらがあるかもしれないと思っている呪具によって発生したものなら……』

「私を狙って現れ、私の中にあった呪詛の力を増幅させた？」

確かに、それなら納得がいく。

事故に遭うまで特に体に不調を感じてはいなかったし、事故の時に力を得ていたなら母様が祓えなかったのも頷ける。

『あくまでも予想だがな。ただ、そうだとしても、なぜそのタイミングだったのかはわからねぇ。なにが起こったか、そん時の状況を見られたら手がかりも掴めるかもしれないが……』

「司天寮に、過去を覗ける道具なんて……」

『そんな都合のいいもんがほいほい出せるのは、青いネコ型ロボットくらいだろ』

ガハガハと笑った阿藤さんにつられ、私も声を出して笑った。

『力になれなくてすまんな。一応札はそっちに送っておく。使えそうなら使ってくれ』

「ありがとうございます！」

『あがけよ、嬢ちゃん』

「もちろんです」

ミヅハのこともあるし、悲観的になってはいられない。

もう一度お礼を言ってから通話を終えると、私は息を吐いた。

予想だとしても呪詛の話を阿藤さんから聞けて一歩進めたような気がする。

ここでさらにもう一歩前進するには、さっきも思いついた過去を覗ける道具があることなんだけど、阿藤さんの言う通りそんな都合のいいものがあるわけがない。

ならばせめて、私の前世の記憶を復活させることはできないのか。

ミヅハのように前世の記憶があれば、なにか気付けることがあるかもしれない。

思いついた私は、夜、仕事を終えて部屋に戻る途中、朝霧さんから母様と天照様が宿に戻ったことを聞くと、急いで着替えを済ませて母様の部屋に向かった。

「おかえりなさい！　母様、天照様も！」

「なんだい、そんな勢いよく駆け込んできて」

落ち着きがないねと呆れた口ぶりで苦笑する母様は、天照様と向かい合ってお茶を淹れている。

「ごめんなさい。急ぎで聞きたいことがあって」

「あー、それ、早く聞きたいわよね。でも、ごめんねぇ。粘って残って運よく高御産巣日神サマにも相談できたんだけどね、負担なしで祓うことは不可能だって言われちゃって」

眉を下げて報告してくれた天照様は、参ったわねぇと続けてこぼすと溜め息をつく。

高天原に最初に現れた三柱の神の一柱、少彦名様の親でもある高御産巣日神様。

高天原でも豊富な知識を持つであろう神様でも、いい手立ては浮かばず、それどころか『一度その者の魂を黄泉の国へ送り、そこで祓ってみるのはどうだ』などと提案したらしい。

一度死を迎え、後に祓い、また生まれ変わるのを待てばいいと。

天照様曰く、人と過ごしたことがほぼない方だから、考え方も感覚も違うらしい。

「なにもいい情報を持ち帰れなくて悪いね」

「ううん……母様、天照様もありがとうございます」

負担なく祓う手立ては高天原にはなく、司天寮にもないとなると、あとは……。

「母様、天照様、実は聞きたいことがあって。私の前世の記憶を復活させることってできませんか？」

「記憶を？　またどうしてだい？」

母様に問われ、私は昨日の休憩時に皆と話した内容を告げた。

「もし呪具を使っていたなら、前世の記憶から手がかりを得られないかと思って。もしくは対処法とかがわかるとか。そんな便利なことができる道具なんて、さすがにない……ですかね？」

「うーん、ないわねぇ」

ああ……やっぱり。

青いネコ型ロボットの世界じゃないのだから、そんな優れた道具が――。

「記憶は無理だけど、過去を覗くことならできるわよ」

「そうですね、できるはずがな……えっ!?　できる!?」

優れた道具があった！　しかも覗ける方が！

「千年前を覗き見れるということですか!?」

「そうよぉ。八咫鏡ならできるわ」

「八咫鏡！」

八咫鏡は、三種の神器のひとつで、内宮に祭られている天照様の御神体だ。

実物は誰の目にも映ることは許されておらず、天皇陛下でさえ八咫鏡を納めた御樋代しか見たことがないとのこと。

「それならぜひ過去を見てみたいんですけど、え、さすがに内宮に奉斎されてて、天皇陛下でも見たこともない重要なものを使うのは難しいですよね」

「まあ、人からしたらそうみたいね。でもあれはアタシの一部みたいなものだから使うのは難しくないわよぉ？　てことで、ほれっ、召喚～！」

天照様の手のひらに太陽の如く眩ゆい光が集まったかと思うと、よくある丸い壁かけ時計に似た黒いシルエットがひとつ浮かび上がる。

そして光がおさまると同時に、銅で作られた神鏡がはっきりと姿を現した。

「ほ、本物ですか!?」

「もちろんよ」

「アッハッハ！　さすが姉さん、アクティブだね」

「いや、アクティブすぎて心配になるレベル！」

内宮で厳重に扱われているものが、天照様の一声でいとも簡単に取り出されたのだ。皇族も滅多なことがない限りは見られないだろうものを、まさかこんな突然目にすることになろうとは。

使いたいと願ったのは私だけれど、戸惑いが止まらない。

「んで、前世を見たいのよね？　ただ、呪詛の心配もあるけど……瀬織津、いいの？」

八咫鏡を手にする天照様が、座布団の上に座る母様に確認を取る。

「いいかダメかなら、ダメだね」

「母様、お願い！」

「天照の姉さんも言っている通り、呪詛が心配だ。前世を見れば知らなくてもいいことを知り、つらいものを見るはめになる。なにより、前世のあんたを不幸にした者を知れば呪詛が悪さをし、命を落としかねない」

前世の私が迎えた結末。それが悲惨なものであることはもちろん承知している。とても直視できる光景ではないかもしれないし、呪詛に影響を与えるかもしれないけれど……。

「危険なのはわかってる。でも、できることはやっておきたいの。じゃないと、ミヅハが無茶をしてしまうから」

「ミヅハが？」

母様が眉間に皺を寄せ、首をわずかにかしげた。

本当は話しておくべきなのかもしれない。

でもミヅハが、母様がしたことをなぞらえる決意をしていると告げれば、母様が心を痛めるのではと思うと言えず、私は「私のために、必死になってくれてるの」とだけ伝えた。

「愛ねぇ〜。素敵じゃない」

「愛じゃなくて、後悔と役目に囚われてるんだと思います……」

八咫鏡を抱きしめてうっとりする天照様に苦笑して答える私に、母様は短く溜め息をついた。

「あの子はいつきのことになるとバカみたいに真面目だからね。無茶をされるのはあたしも困る。だけど、本当にいいんだね？」

「覚悟はできてる」

「はあ……わかったよ。それしか方法がないなら仕方ない」

「ありがとう！　母様！」

もしも呪詛が反応したら、すぐに少彦名様からもらった薬で対処するよう言われ、私は力強く頷いた。

「アタシたちも一緒に見て探してあげるから、もしきつかったら無理はしなくてもいいわよ」

「天照様も、ありがとうございます」

勢いよく頭を下げると、ふたりは優しく微笑んでくれた。

「よっし！　じゃあ瀬織津、行くわよ」

どうやら母様の力も必要らしい。

天照様の呼びかけに母様が頷くと、八咫鏡がふわり、天照様の手から離れて母様との間で浮く。

「我は汝（なんじ）なり」

凛とした天照様の声が室内に通ると、八咫鏡は光を纏い輝きだした。

母様が八咫鏡に向かってそっと右腕を伸ばし、集中しながら口を開く。

「遍（あまね）く天空（そら）より万物を映せし鏡よ。荒（こう）の魂を持ちて刻（とき）を廻せ」

母様の声を受けて八咫鏡から発せられる光が増し、次いで天照様が言葉を紡ぐ。

「和の魂を持ちて融を成せ。求めしは野々宮いつきの魂の記憶。繋ぎここによみがえらん」

詠唱を終えた刹那、鏡から放たれた光がひとつの柱となり、花を咲かせるように過去を開いた。

まるでそこにスクリーンでもあるかのように、空中に映像が浮かんでいる。

山々に囲まれた集落。流れる川から引かれた水路の先に広がる水田。その脇の細い道を行くひとりの少女。

年の頃は十五、六か。ひとつに編まれた長い黒髪を揺らし、籠を抱えて歩くその少女の背後から近づくのは甲羅を背負った河童。

「あれって、もしかして」

いつかの夢に現れた河童を思い出し、口にした直後、ドクリと心臓が重く打った。

「っ……あ……」

突如襲う息苦しさに、私は胸をかきむしるようにして膝をつく。

「いつき！」

母様の慌てふためく声と共に、背中に手が添えられる感覚。

それが母様のものだろうなどと考える余裕も、確かめる力もない。

ただ、不思議なほどにはっきりと、河童の話す声が両の鼓膜に届く。

『おーい、姫さーん』

『もう、私は姫じゃないってば』

『でも、オレにとっては姫様みたいな存在だからさ。そんなことより、龍芳が呼んでるぜ』

龍芳という名に反応するかの如く、胸に痛みが走った。

声も出せず、絞り出すような息を吐いても痛みは逃せない。

次第に眩暈が始まり、視界が明滅する。

『龍芳が？　畑の方かしら？』

『いや、家だ。なんでも誰かが姫さんに会いに来たらしい』

会話が、近い。

まるで目の前で繰り広げられているほどに。

まるで、私自身が声を発したかのように。

私は……野々宮いつきは、今どこにいるのだろう。

苦しみの中、そんな疑問が浮かぶと同時……。

「いつきっ!?」

ミヅハの声がした。その直後、頭の中に声が響く。

『永久ニ　ワタシノモノダ』

身の毛がよだつほどの邪気が内側から膨れ上がると、爆発するようにぶわりと視界が闇に覆われて。

「ミヅ……」

彼の名を紡ぎきる前に、私の意識は漆黒の闇へと引きずり込まれた。

＊＊＊

「ああ、若旦那。高天原から女将と天照様が戻ったようだよ」

夕星から知らせを受けた俺が瀬織津姫の部屋を訪ねると、部屋の扉は少し開いていた。

だから、苦しそうないつきの呻く声が聞こえて、俺は慌てて扉を開け放ったのだ。

「いつきっ!?」

叫ぶように呼んだ矢先、いつきの体を禍々しい気配が覆い、瞬く間になりを潜める。

「ミヅ……」

俺の名を口にしかけ、ぐったりと倒れてしまったいつきを、瀬織津姫が抱き起こした。

傍らに片膝をつき、俺はいつきの様子を注意深く見ながら瀬織津姫と天照様に問いかける。

「いつきになにがあった」

「いつきちゃんの願いを受けて、呪詛を祓うための手がかりを探そうってことでね、八咫鏡で過去を見るつもりだったのよ」

険しい顔でいつきの様子を見下ろす天照様に続き、瀬織津姫もまた眉根に皺を寄せてつぶやく。

「恐らく、過去の光景と名前に呪詛が反応したんだろう」

瀬織津姫の視線が、いつきから宙に映る映像へと移動した。

つられるように俺も目をやると、そこに映し出された懐かしい景色に思わず胸が締めつけられる。

気のいい河童の隣を歩き、時折笑みをこぼすいつきによく似た少女。

彼女の名を紡ごうとして、思いとどまる。

俺が呼べば、いつきの中にある呪詛がなにをしでかすかわからない。

前世で与えられていた名は口にしないように気をつけ、意識を失っているいつきの様子をうかがう。

「いつき、聞こえるか」

苦しみからは解放されたのか、ゆっくりと呼吸はしている。だが、呼びかけに反応はなく、瞼すらピクリとも動かない。

それでも、初めて倒れた時のように「いつき」と声をかけ続けていた時だ。

『どうした姫さん』

『声が……呼ぶ声が、聞こえた気がしたの』

過去に生きる彼女が辺りを見渡していた。

その反応に、俺だけではなく瀬織津姫と天照様も目を見張り、八咫鏡が見せる映像に注目する。

『声？　誰の？　あやかしか？』

『いつき……って、誰かの声が』

「……俺の声が、届いているのか？」

千年前の彼女がいつきの名を口にし、俺たちはさらに驚愕した。

意識のないいつきを見つめながらつぶやく間も、会話は続いていく。

『いつき？　姫さんの名じゃないじゃないか』

『そう……そうよね。なぜ私だと思ったのかしら』

『それより、客も待ってるし急ごう』

促され、彼女が頷いた時。

『ええ』

「ええ」

いつきが、彼女とまったく同じタイミングで返事をした。

一瞬、意識が戻ったのかと思えたが、いつきの瞼は閉じられたままだ。

瀬織津姫が、目を閉じていつきの額に手を当てる。

「……魂はここにある。意識だけが過去に引っ張られたんだろう」

「呪詛のせいか」

「多分ね」

今はなにも感じないが、先ほど感じたのは確かにあの夜と同じ邪気だ。

八咫鏡の力で繋がった過去に呪詛が反応し……呪詛に潜むあいつの邪念が、いつきを過去に閉じ込めたのかもしれない。

そう思うと、千年経っても相変わらず勝手な奴だと、怒りではらわたが煮えくり返りそうだった。

「なぜ、俺の声が彼女に聞こえたんだ？」

湧き上がる怒りを抑えつつ、どちらともなしに尋ねると、天照様が膝を折っていつきを覗き込む。

「どれ、アタシも。いつきちゃーん、聞こえるー？」

いつきに向かって天照様が呼びかけるが、どちらの彼女にも反応はない。

続いて瀬織津姫も試してみたが、やはり声は届いていないようだった。

ならばもう一度と俺が名を呼ぶ。

だが、今度はなんの反応も示さず、俺たちは一様に首を捻った。

天照様が「八咫鏡には通信機能なんてついてないんだけど」と話し腕を組んだ時、

いつきに向けられていた瀬織津姫の視線が俺を捉える。

「どちらの子も特別な力のある子だからってのもあるだろうけど、ミヅハの声が届いたのは、前世でふたりに深い繋がりがあるからかもしれないね」

「そうねぇ。とりあえず、いつきちゃんの意識が戻るのを待ちつつ、こっちで手がかりを探すことにしましょうか。ただ……」

天照様が言葉を切り、映像の向こうにいる彼女へと真剣な眼差しを向けた。

「最期の時を迎える前にはどうにかして意識を戻せるよう、ミヅハはいつきちゃんにちょいちょい声をかけてあげて。あっちに持っていかれた状態で殺されたら、いつきちゃんがどうなるかアタシにも予測がつかないわ」

最悪の場合は、いつきが死ぬかもしれない。

天照様は言葉にこそしなかったが、その危険性が高いことを示唆していた。

いつきを失うかもしれない。

あの時と同じように、なにもできずに。

そんなのはごめんだと、俺は立ち上がった。

「須佐之男さんに頼んで、いつきに俺の命を与える」

発した言葉に、ふたりの表情が厳しいものに変わる。

瀬織津姫は「なるほど、これか」とこぼしてから頭を振った。

「やめときな。呪詛つきの魂を相手にするには年若いあんたには危険だ。なによりいつきは望んでない。ここに駆け込んで、必死になって過去を覗くという手段を選んだのも、あんたに無茶させたくないからだ」

「だが、このままでは」

「ミヅハ、あたしがあんたに願ったのは、命を賭すことじゃない。いつきを救うことだ。救って、約束を果すんだよ。あんたたちはまた死に別れるために生まれ変わったんじゃないだろ」

叱咤され、白くなるほど強く拳を握る。

――救えずに、約束をした。

一方的で身勝手なそれが彼女に届けられたことは、約束を託したあやかし……大角から聞いている。受け取った前世の彼女は、手紙を抱きしめながら崩れ落ち、涙を流し、俺の名を呼び続けていたとも。

無茶をすれば、俺はまた……愛してやまない者を、残して逝くことになるのか。

「……手がかりを探して、あいつを必ず追い出すぞ、いつき」

追い出して、今度こそ救ってみせる。

胸の内で誓い、俺はまた、いつきの名を呼んだ。

【六章】いつかの彼らが生きた刻

暗闇の中で、声が聞こえた気がする。

いつき……と、私を呼ぶ声が。

私は……いつきという名だったか。

意識がはっきりせず、自分の存在さえ曖昧な中、また誰かが私を呼ぶ。

今度は、違う声。

『……か……』

呼び方も違う気がする。

早く返事をしなければと口を開いたが、音にはならない。

『……かせ』

誰なの。誰が〝私〟を呼んでるの？

『千枷（ちかせ）』

耳心地のいい声がはっきりと聞こえた途端、私の胸は震え、意識が一気に浮上した。

「千枷、どうした？」

目的地である竪穴住居の前、背後からかけられた声に私は振り返る。

茅葺（かやぶき）屋根の家屋。背の低い入り口からひょっこりと端整な顔を出したのは、私の幼馴染である龍芳だ。

彼は、二重の瞳を丸くして私を不思議そうに見つめていた。

「あ……うん、さっきから呼ばれてる気がしてて」

「俺ではなく、か？」

「違うような……そんな気がするような……」

高い秋空を彩るように色づく紅葉。やわらかな風に乗って葉が落ちる。

曖昧に答えた私に、龍芳は「またあやかしか？」と小首をかしげた。

「声の主を探すなら手伝う。が、今はとにかく中へ」

「そ、そうね。干汰からお客様が来てるって聞いたけど」

「ああ、なんでも京の都から来たらしい。千枷の力を借りたいそうだ」

私の力とは、赤子の頃から普通の人には視えないものが視え、言葉を交わせるという体質のことだろう。

この特殊な体質は生まれた村の人たちだけでなく、実の両親からも気味悪がられ、私は五つの時に捨てられた。

泣き疲れ、歩き疲れ、途方に暮れていた私を見つけてくれたのが龍芳のじじ様だ。

じじ様は私をこの清水村に連れ帰り、両親のいない龍芳と一緒に私を育ててくれた。

神やあやかしが視える私を、じじ様と龍芳は気味悪がったりはしなかった。

なぜなら、じじ様も彼らを視ることができるからだ。

龍芳にはその力は受け継がれてはいないけれど、彼は信頼するじじ様の視えるものを疑わず、じじ様お手製の薬を煎じる手伝いをしていた。

お世話になっている私も見様見真似で手伝い、なるべく村の人たちに白い目で見られないよう気をつけながら生活をしていたのだけれど……。

十を過ぎた頃、ついに村の人々に知られてしまったのだ。

畑仕事の最中、いつも優しくしてくれるおばさんの悲鳴が聞こえて駆けつけると、川に〝小豆洗い〟というあやかしが現れ、おばさんは恐怖に腰を抜かしていた。

目は皿のように大きく、狐の如く尖った口元から覗く鋭い牙。

伝承では、小豆を洗う音や歌で気を引き、人を崖や川に落とす恐ろしいあやかしとされているが、現れた小豆洗いは温厚な性格で、さらに言えば私の知り合いだ。

おばさんの悲鳴に驚愕し岩陰に隠れ、しゃがみ込んでいた小豆洗い。

彼は私を見るなり『ち、千枷の知り合い？』と話しかけてきたものだから、おばさんは信じられないものを見る目を私に向け、助け起こそうとした私の手を払いのけると逃げるように去っていた。

清水村は小さな村だ。

私の噂はすぐに広まり、気味悪がられ、皆からあからさまに距離を置かれた。

幸いだったのはじじ様と龍芳に対しては、村の人たちの態度がそこまで変わらなかったことだ。

でも、それは今だけかもしれないと考え、私は村のはずれに自分用の家をかまえた。

じじ様が亡くなったのはその翌年の冬のこと。

お墓にはあやかしたちが手を合わせにやってきて、皆、じじ様のおかげで人と関わるのも悪くないと思えたのだと語っていた。

そうして彼らの話を聞き、私は思ったのだ。

人と、神やあやかしたちがもっと上手に関われるようになったら素敵だなと。

以前であれば皆に溶け込めるようにと視えぬふりをしていたが、すでに気味悪がられている身。であれば、好きに振る舞ってしまえと開き直った私は、村の人があやかしに困らされればそれとなく仲裁に入り、あやかし側が人に脅かされることがあれば原因を見極めてできる限り双方の角が立たないように収めた。

時に頭頂部の皿にひびが入ってしまった河童を助けたり、時に人に追われて洞窟に隠れていた大猫を匿ったり。

村の女性が難産で苦しんでいた際は、あやかしたちの協力により、安産の神、木花咲耶姫様の力を借りたこともあった。

そうやって、心の赴くまま行動していくうちに、私に対する村の人たちの風当たりがやわらかくなり、神やあやかしのことでなにかあれば頼られるようになって。

気付けば、近隣の村からも相談を請け負うようになったのだ。

そう、今までは遠くても近隣の村だ。しかし、今回訪ねてきたという人は、京からこの伊勢国(いせのくに)まで遥々やってきたらしい。

私のことが、そんな遠くまで噂になって届いているのかと思うと驚きを隠せない。

失礼のないようにと、少し着崩れた小袖を直し、ぽっかりと開いている入り口をくぐった。

木と藁(わら)でできた窓のない室内は薄暗いけれど、中央に設置された囲炉裏(いろり)の炎が、囲んで座るふたりの男性を照らしている。

ひとりは、太い眉をのせた険しい顔つきの男性。大柄な体の腰には太刀が携えられている。

もうひとりは見目麗しい男性で、滅多にお目にかかれないような上質な狩衣(かりぎぬ)を纏っており、ひと目で位の高い方だとわかった。

パチリと小さく火が爆(は)ぜる音と共に、ふたりの視線が私へとよこされる。

私は慌てて頭を下げ、「大変お待たせいたしました!」と詫びた。

「はじめまして。千枷と申します」

作法などわからず、とにかく自分の中で知る丁寧な言葉を心がける。

するとクスクスと小さく笑う声がして、なにかおかしかっただろうかと頭を上げた。笑っていたのは見目のよい男性の方だ。

「あ、あの、なにか失礼を？」

「いや、都で耳にした噂とは全然違ったのでね」

「それは、どのような……？」

「伊勢国の清水には、あやかしを従え神々とも渡り合える老婆がいると」

「ろっ、老婆……」

どこで私の歳が跳ね上がってしまったのか。人の口から伝わる噂の恐ろしさに苦笑する私の背後で、こらえきれなかったのか龍芳が吹き出すのが聞こえた。

「挨拶が遅れてすまない。わたしは縁（よすが）という。大内裏（だいだいり）に勤める者だ」

縁と名乗った男性が立ち上がると、大柄な男性も腰を上げ、「わたしは縁様の従者、藤原兼忠（ふじわらのかねただ）という。お見知りおきを」と姿勢よく腰を曲げた。

「縁様と、藤原兼忠様、ですね。よろしくお願いします」

私が再度頭を下げると、縁様が「さっそくだが、千枷殿に頼みがあってこちらに参ったのだ」と話し始めた。

縁様の縁者が伊勢国に住んでいて、その方から五十鈴川が幾日も濁っていると報告を受けたらしい。

清水村に通る川は五十鈴川に合流する派川だ。こちらは特に問題なく川に濁りは見られないので、伊勢湾からの影響ではないのだろう。

兼忠さんが着物の袷から地図を出して広げた。

「方々に馬を走らせ上流から下流まで確かめたが、今のところ内宮より手前、五十鈴川の中流にだけ被害があるようだ」

「その原因に、神様かあやかしが関わっているということですか？」

尋ねると、縁様が「そうらしい」と口を開く。

「清明……都の陰陽師が言うには、その可能性が高いと」

「そうなのですね。ですが、陰陽師様がおられるのでしたら、私ではなくその御方の方が専門なのでは……」

陰陽師を生業にする方には会ったことはないけれど、話には聞いたことがある。

もしもその原因が悪鬼などによるものなら、私では役不足だと思い進言したのだけれど、縁様は笑みを浮かべた。

「伊勢のあやかしらに関しては、千伽殿の方が明るいだろう？　五十鈴川の神とは知己ではないかな？」

「知ってはいますが、幼い頃に一度会ったきりなので……」

親に捨てられた日、じじ様に出会う前に声をかけてくれた心優しき女神様。

彼女は五十鈴川の水神で、親友からはミツと呼ばれているのだと教えてくれた。

もう日も暮れて危ないから休んでいきなさいと、私を小さな祠に導いて泊まらせてくれたのだ。

「いや、すごいな。神と会ったことがあるなどと口にした者は清明以外で君が初めてだ。うん、やはり君にお願いしたい。頼めるだろうか」

米や布、銅貨でも望むものを与えると言われ、いやしくも心が揺らぐ。

今の生活に大きな不満はない。けれど、畑や水田の作物も毎年順調に育つ保証もなく、なにかあった時に貯えがあるに越したことはないのだ。

龍芳にだってお裾分けできるしと、後ろで様子を見守ってくれている龍芳を振り返ると、彼は微笑んだ。

「行くなら俺も行こう」

「いいの？」

正直、龍芳が一緒に来てくれるのは心強い……というよりも、嬉しい気持ちが勝った。それは単に幼馴染だからという理由ではなく、私が彼を恋い慕っているからだ。

畑仕事により少し日に焼けた健康的な肌、老若男女問わず村の人々に好かれている優しい人柄。

なにより、私の視える世界を受け入れ優しく接してくれる龍芳に、虜にならないわけがない。

「同行しても問題がないのなら」

龍芳が言うと、縁様は「千枷殿が頼みを受け入れてくれるならかまわないよ」と許してくださった。

「では、龍芳と共にお引き受けいたします」

お役に立てるかはわかりませんが、できる限り尽力いたしますと続けると、縁様が満足そうに頷いた。

善は急げということで、半刻後、少々慌ただしくも出立した私は、乗り慣れない馬の背の上で、龍芳と共に揺られていた。

馬の手綱は、多少心得があるという龍芳が握っている。

「千枷、疲れてはいないか？」

「ええ、大丈夫」

視線は前方を行く縁様たちに向けたまま龍芳に答えると、彼は「そうか」と返してから、「干汰と大角は行きたがっただろ？」と会話を続ける。

河童のあやかしの干汰と、大猫のあやかしである大角。

ふたりは私に助けられた恩を返すのだと、私の家に居座り生活をしている。

もちろん人の目に視えないように普段は姿を隠しているが、私が信頼を置く龍芳にだけは堂々と姿を見せて親交を深めているのだ。

ふたりとも心配していたけれど、五十鈴川の中流まではそう遠くない。

水神様に会って、原因を尋ねるだけであればすぐに帰れるだろう。

——そう、思っていたのだけれど。

「穢れ……ですか？」

「ええ……」

翌日、懐かしい祠に到着した私の前に現れたのは、具合が悪そうに弱々しい笑みを浮かべたミツ様だった。

聞けば、ここよりもう少し内宮の方へと下ったところで穢れを受けているのだとか。

濁っているのはその辺りだとミツ様は教えてくれる。

「ここで穢れを清め続け、どうにか内宮には影響を及ぼさずにいますが、正直、このままでは私の身は危ういでしょう」

「そんな……」

「内宮にて、私の親友である瀬織津も念を入れて穢れを祓ってくれてはいますが、私の命が尽きれば、流れた穢れに今度は瀬織津が参ってしまう。そうならぬよう、原因を祓いに行きたくとも私にはもう余力もなく……」

つらそうに息を吐き出したミツ様。

きっと今この時も力を使って穢れを浄化し続けているのだろう。

早く楽にしてあげなくてはと、私は自らの胸元に手を当てた。

「ならば、私が様子を見に行ってきます」

「あなたが？　それは危険です」

おやめなさいと止められるも、私はゆったりと頭を振る。

「ミツ様、私は幼い頃、あなたに助けていただきました。だから、今度は私の番です。どうぞ恩返しをさせてください」

「もしや、あなたは清水の龍之助のもとへ行った幼子、名は……千枷？」

「はい、千枷です」

「そう……そうですか……。人の子の成長は本当に早いですね……」

覇気は見られないものの、感慨深そうに微笑んだミツ様に私は笑みを返す。

「あの頃はなにもできずに泣くばかりでしたが、今は人や神様、あやかしたちの間に立ってできることを頑張っています。じじ様の孫である龍芳も一緒ですし、武士の方もいます。だからミツ様、あと少しだけ耐えていてください」

原因がわかればきっと対処もできるはず。

必ずミツ様を助けてみせると胸に誓いお願いすると、ミツ様はゆっくりと頷いた。

「わかりました。けれど、なにかあれば私のことよりも自分の命を優先するのですよ」

「ごめんなさい、ミツ様。私は、どの命も優先したいんです」

「ふふ……ええ、そうですね。ありがとう、千枷。頼みましたよ」

「はい！　では、いってきますね」

ミツ様に一礼し、少し離れた場所から様子をうかがっていた縁様、兼忠様、龍芳のもとに戻ると、ミツ様から聞いた状況を説明する。

濁りが穢れによるものだと知った縁様は、神妙な面持ちで五十鈴川を眺めた。

「穢れ、か。ならば、清明から預かってきた札が役に立つだろうか？　使用する際は『急急如律令、呪符退魔』と唱えるらしい。兼忠」

「は」

縁様に促され、兼忠様は懐から包み布を取り出すと、開いて数枚のお札を見せる。

いわゆる霊符と言われるもので、白い和紙に文字が連なり、触れなくてもそこにかなり強い力が宿っているのを感じた。

この札ならば、有事の際にもなんとかなるだろう。ありがたく受け取り、私たちは濁りのある場所へと下っていく。

四半刻ほど歩いた頃だろうか。

美しく透き通っていた水の姿は消え、茶色に変化した川に遭遇した。

縁様は「これはひどい」とこぼす。

川縁にしゃがみ込んだ龍芳が眉根を寄せた。

「本当にこの辺りだけ濁ってるんだな」

十尺以上は間違いなくあるだろうが、被害がこの範囲だけで済んでいるのはミツ様が頑張って清めているからだ。

周囲に漂う重苦しい空気に穢れは一体どこから……と辺りを見回すと、竹林の中から禍々しい気が垂れ流されているのに気づく。

「多分、この奥だわ」

鬱蒼と生い茂る草木の匂いに包まれ、陽の当たらぬ薄暗く細い獣道を進む。奥に行くほど息苦しさは増し、時々深呼吸しながら進み続け、どれほどの時が経ったか。

ぽっかりと開けた空間に辿り着き、私たちは足を止めた。

竹林がぐるりと囲む中央には、岩に守られるように設置された切妻屋根の小さな祠がひとつ。禍々しいものが放出されているのは、この木製の祠からだった。

「なんだか……気味が悪いところだな」

縁様も察知したのかつぶやくと、兼忠様が辺りを警戒するように見渡す。

「千枷、顔色がよくない」

龍芳が私の顔を覗き込み、背中に温かな手を添えた。

不思議なことに、昔から龍芳が触れるとどんなに具合が悪くてもそれがわずかに軽くなる。彼は人間だけれど、祓ったり癒したりする力があるのかもしれない。

「ありがとう、龍芳。穢れは、この中にあるみたい」

「では、さっそく札で祓うか？」

縁様に問われ、私は首を横に振った。

「いえ、少し時間をください。穢れの正体を視てみます」

三人には少々離れてもらい、観音開きの扉を開けて中を覗く。

湿気なのか穢れのせいなのか、じっとりと湿った内部には台座があり、その上に勾玉（まがたま）が置かれている。間違いなく、この勾玉からあふれる穢れが五十鈴川を濁らせミツ様を苦しめている原因だ。

「……声は、聞こえますか？」

乱暴に祓いたくはない。

まずは語りかけてしばし待つも、勾玉からは重々しい気配が流れ出ているだけ。

もしかしたら警戒しているのかもと考えた直後。

『アアアアアアアアアアアアアアアア！』

耳をつんざくような叫び声と共に、辺りが濃い瘴気（しょうき）に包まれた。

それは勾玉を中心に発生し、あっという間に大きく黒いモヤの塊となる。

そして――。

『……シ……イ……』

呻くような低い声が聞こえた途端、私の体は黒いモヤに覆われた。

遠くで龍芳が私の名を呼ぶのが聞こえる。

届くかわからないけれど「大丈夫！」と答えると、どこからかまた声が聞こえた。

『クル……イ……クイ……ナゼ……』

吐き出されるのは慟哭だ。

落胆、絶望、後悔、そういった負の感情が押し寄せてくる。

けれど、私を傷つけようとはしない。

ただ嘆き苦しむだけだ。

「あなたは、誰ですか？」

問いかけに声は答えないが、代わりにすべてを見せてくれた。

彼はこの近くの村で土地神として崇められていた、黒く美しい毛並みを持つ人間好きな妖狐だ。

ある日、五十鈴川で溺れかけた子供を助けたのだが、乱心した母親が叫んだ。

『狐の化け物がうちの子を襲った！』

黄金色の双眸と揺れる五本の尻尾。人と変わらぬくらいの大きな黒い体躯は、人々の恐怖を煽った。

運の悪いことに村にはちょうど陰陽師を生業とする者が滞在しており、調伏されかけた妖狐は命からがらこの祠まで逃げ込んだのだ。

悪しきものから村を守り、人々を大切にしてきたというのに、なぜこのような仕打ちを受け、なぜ、今自分は死にゆこうとしているのか。

子供を助けねばよかったのかと一瞬の疑念がよぎれば、ふと芽生えた恨みの念。

それは一気に膨らみ、吐き出した呪詛を勾玉が傍受し……。

『ニクイ……ニクイ……』

体は朽ちてもなおここに残り、穢れを放っているのだ。

妖狐が辿った哀しい結末に、私が「とてもつらいですね」と眉を下げた直後、頬に痛みが走った。

『オマエモヒトダ』

つつ、と頬から温かな血が流れ落ちるのを感じ、しかし私はかまわずに答える。

「そうですね。私も人です。けれど、私はあなたを傷つけない。絶対に」

さらに、右足に黒い塊が掠めると、小袖が切れてじわりと血が滲んだ。

まるで鋭い爪に裂かれるようだが、痛みをこらえてまた口を開く。

「妖狐様、とても悔しかったでしょう。恨めしいはずなのに、あなたは今も優しいいまま」

無理矢理接する私に傷を負わせはした。けれど、決して殺めようとはしていない。

やろうと思えばいつでもできるだろうにしないのは、村の人が犯した過ちをどこかで許しているからではないか。

なにより、彼の放つ呪詛が目指すのは人や村ではなく川だ。

川の向こうに山はあれど村はない。

ならばなぜ、妖狐は五十鈴川を目指すのか。

「恨んでいても、傷つけたくはない。だから、ミツ様に縋っていたのですね」

妖狐はもう、攻撃してはこなかった。

ただ、悲しそうにすすり泣く声が聞こえるのみ。

「今、五十鈴川の水神様は弱っています。私が代わりにあなたの穢れを祓ってもいいですか？」

『……スマナイ』

世話をかけることにか、傷つけてしまったことに対してか。どちらもかもしれないと思いつつ、微笑みを浮かべた。

「いえ……どうか、ゆっくり休んでくださいね」

もう、十分苦しんだのだ。

早く楽にしてあげたいという思いを胸に、私は一枚の霊符を掲げた。

「急急如律令、呪符退魔」

縁様から教えられた呪文を唱えると、体の奥からなにかが吸い取られていく感覚に襲われる。霊力と言われるものなのかもしれないが、初めてのことでとにかく必死に足を踏みしめ、最後の時を待った。

札から発生した青白い光が、黒いモヤを中和するように少しずつ白へ変化していく。

『ああ……温かい……ありがとう……』

染め上げられた光が雪の結晶の如く輝き舞い散る中、穏やかな声が聞こえた。

そうして、姿を現した黒い妖狐は優しく目を細めると、光に導かれるように姿を消した。

――願わくば、彼が輪廻の輪からはずれることなく、来世で幸せになれますように。

祈り、最後の光が空気に溶けたのを見届けると、私は尻餅をついてへたり込んだ。

「千枷！」

駆けつけた龍芳が肩を支えて私の顔を覗き込む。

「大丈夫か？」

傷を確認し、心配そうに眉根を寄せると、腰から下げた布袋から慌てて傷薬を取り出した。

縁様が私の傍らに片膝をつく。

「千枷殿は本当にすごいな。ひとりであの妖邪を祓ってしまった」

「妖邪などと呼ばないであげてください。彼は、最後まで人を想っていました。だから、素直に祓われてくれたんです」

なにより、札の力がなければ祓えなかった。

龍芳の手当を受けながら伝えると、縁様は「ふうん？」とあまり納得のいっていない様子を見せる。

普段は視えない存在について語られても、理解し難いのだろう。

「彼らは確かに人よりも強く不思議な力を持ってはいますが、神様やあやかしたちも悩みながら生きています。どんなに人間に尽くしても、今回のように尽くしてきた人間にその命を脅かされることだってある」

神もあやかしも人と変わらない。

命があり、生きている。誰かを思いやり、愛する心もある。

つらいことがあれば苦しんで涙を流し、後悔し、乗り越えてまた笑っているのだ。

「人同士でさえ争うのに、綺麗事だとは思いますが……いつか、どの種族も堂々と手を取り合って生きていける世になればいいと、私は願っています」

そうすればきっと、今回のような悲劇は起こらず、私のような者が迫害されることもないのだ。

「千枷殿がその架け橋となると？」

「私はそんな大それたことはできません。ただ、今回のように少しだけお手伝いできる程度ですから」

それでも、これが第一歩となればいいとは思っている。

繋がりゆく未来の先で、私よりも長く生き続ける干汰や大角たちが、不必要に脅かされず笑って過ごせていればいいと。そこには妖狐の生まれ変わりもいて、ミツ様も親友の神様と穏やかに暮らせている世になれば。

「ところで、縁様にひとつお願いが。妖狐様をお祀りしてもらうことはできますか？」

「もちろん。都に戻ったら一切を清明に頼んでおくよ」

「ありがとうございます！」

嬉しさに興奮したのがいけなかったのか、眩暈が起きてふらついた私を龍芳の腕が支えてくれる。

「限界だろう？　おぶっていくから、掴まれ」

「ごめんね、龍芳」

「なにを謝るんだ。お前は頑張った。これくらい当たり前だろ」

ほら、としゃがみ込んだ体勢で背を見せた龍芳。

今度は「ありがとう」と告げて彼の背に乗らせてもらう。

「重くない？」

「そこは嘘でも重くないって言うところよ。もう、乙女心がわかってないんだから」

「冗談だ。軽いよ」

龍芳が笑って、張りつめていた空気が和んだ。

やっぱり、私はこの人が好きだ。

背中から伝わる龍芳の優しい体温に安堵の息を漏らし、私と龍芳は祠に一度手を合わせてから、縁様たちと獣道を引き返した。


「千枷、ありがとう。あなたは命の恩人です」

龍芳に支えられて立つ私に礼を告げるミツ様の顔色は心なしかよくなっており、私は安堵する。

「これでもう大丈夫ですね」

「ええ。いつか必ずこの恩を返しましょう」

「もう、ミツ様、私が恩返しをしたんですよ？」

「此度のこと、返すには余りあるものです。ここぞという時に、どうぞ頼ってくださいね」

温かく微笑まれ、これ以上ミツ様のお気持ちを無下にはできず、私は苦笑しながら小さく頷いた。

そうして役目を無事に終え、清水村へと帰ると、村の入り口で縁様たちと向かい合う。

「本当に、それだけでいいのかい？　都に家を用意することもできるというのに」

「いいんです。私はここでの暮らしが気に入っているので。ここで生きていくのに必要なものさえいただければ満足ですから」

「なんと欲のない。都にいてくれればいつでも会えたろうに、残念だ」

縁様は笑って米や布は後日届けに来ることを約束し、兼忠様と共に都へと出立した。

去りゆくその御姿を龍芳ふたり見送っていると、「千枷」と呼ばれ、隣に立つ彼を見上げる。

「怪我が治ったら……共に暮らさないか？」

龍芳の日に焼けた頬に、ほんのりと朱が差した。

それだけで、特別な意味を持って言ってくれたのだと悟る。

「いいの？　私で」

「千枷がいいんだ。だから、ずっと俺と一緒にいてくれるか？」

「も、もちろん！」

元気よく答えると、龍芳は幸せそうにはにかんで、私の手を取る。

「帰ろうか、家に」

「うん」

今はまだ、それぞれの家に。

干汰と大角もきっと心配してるはずだと話しながら、私たちは心を幸福で満たし家路を辿った。

——そう、幸せだった。

数日後、縁様が再び村を訪れる日までは。


「私が、斎王に、ですか？」

干汰と大角が気配を消して様子をうかがう家の中。

突然の訪問とあり得ない申し出に、私は双眸をただただ丸くした。

斎王とは、天皇の代わりに伊勢の天照大御神に奉仕する役割を担う女性のことだ。

天皇が即位するごとに未婚の皇女から選ばれ、伊勢神宮に赴き、斎宮と呼ばれる宮殿に住む。

そう、未婚の〝皇女〟から選ばれる。

現在は天皇の異母兄妹である輔子内親王様がその役職に就かれていると聞いたことがあるのだが……。

「君はまるで天照大御神より神託を賜った倭姫命の如く、いやそれ以上の力を持っている。ぜひわたしの斎王になってほしい」

「……わたしの、斎王？」

声に出しながらも、その言葉の意味を私は理解していた。

ずっと黙したまま縁様の後ろに控えていた兼忠様が口を開く。

「縁という名は、主上がお忍びで使用する名です」

「では、縁様は……冷泉天皇様……!?　も、申し訳ございませんっ。そうとは知らず大変失礼なことばかり……！」

地位の高い貴族の方だとは思っていたけれど、まさか国の主上とは。

五十鈴川の異変を調べる際、生意気な口をきいてしまった気もして慌ててひれ伏した。

「あえて知らせなかったんだ。それに、別に千枷殿はわたしに失礼なことはなにもしていない。どうか前と同じように接してくれ」

頭を上げてと頼まれて、私はそっと上体を起こす。

「あの……恐れながら、すでに斎王様はいらっしゃいますよね？　なぜ身分の低い私を……？」

「彼女に君のような力はない。斎王に仕え、神託を受ける巫女でさえ君には敵わないだろう。適任者がいるというのに、身分やしきたりに捉われて皇女から選び続ける必要などない。わたしは、君の目指す世を作るためにも、君を斎王にしたいのだ」

主上が提唱するのは、先日私が話した『どの種族も堂々と手を取り合って生きていける世』というものだろう。

確かに斎王という役割は、神の声を聞き、奉仕することにある。しかし、斎王になったからといって、各地の神やあやかしたちと交流が図れるわけでもないだろう。なにより、私は龍芳と一緒になり、共に生きるのだ。

「私の力を買っていただけとてもありがたいのですが、私は龍芳と夫婦になる約束をしています。ですから」

「ただの約束、まだ未婚なのだろう？　それに、死ぬまで斎王でいるわけではない。わたしが死するか、譲位するまでだ」

それはいつになるのか、などと主上に聞けるわけもない。これ以上断り続ければ不敬とされ、罰せられる可能性もある。

どう答えれば斎王にならず、龍芳と離れずに済むのか。

「一日だけ、考える時間をいただけますか？」

とにかく、龍芳に相談をしたい。

今はひたすら黙って話を聞いている干汰と大角にも。

しかし、主上は鼻で笑うと地面に指をそろえたままの私の前にしゃがみ込んだ。

「……千枷殿。わかっていないようだからはっきりと言おう。前と同じように接してくれと頼みはしたが、君はわたしに逆らえる立場にはない。冷泉天皇たるわたしが命を下したんだ。ゆえに、君に用意された答えはひとつだけ」

考えても無駄。私には、斎王になる道しか残されてはいないのだと暗に告げられ、理不尽さに涙が込み上げる。

けれど、主上の前では泣くことさえも許されない気がして、唇を嚙んで頭を下げた。

「兼忠」

「は」

「千枷殿は神との対話が可能。よって、神託を授かる役目の巫女は不要。心身を清める潔斎や斎戒は斎宮にて短縮して行うように斎宮頭に伝えろ」

「初斎院にて斎戒中の輔子内親王様はいかがなさいますか」

「しばしはそのままでいい」

承知しましたという兼忠様の声が聞こえ、足音が遠ざかっていく。

「さあ、千枷殿。行こうか」

優しく手を差し伸べられた直後、背後から千汰の「ダメだ」という声が聞こえる。

千汰の声は主上には届いていない。

「姫さん、ダメだ。龍芳に会えなくなるぞ」

わかっている。この手を取れば、龍芳のそばにいることは叶わないと。

けれど、この手を取らなかったら、恐ろしい未来が待っているのではないか。

それが私だけに降りかかるのならまだいい。

もし、龍芳に……と思ったら、私は自らの手を、主上の手に重ねていた。

「姫さん！」

「ニャ！　千枷！」

背に浴びせられた悲鳴にも近いふたりの声を振り切るように、私は顔を上げる。

ぶつかった視線の先で、主上が満足そうな笑みを浮かべた。

「そうだよ、千枷殿。それが正解だ」

よくできましたと幼子をあやすように言って主上は私を立たせ、家の外へと誘う。

千汰が「龍芳を呼んでくる」と駆け出したのが見えたけれど、間に合わないことは百も承知だ。

龍芳は今、隣村へ薬を届けに出ているのだから。

「……さよならも、言えないのね」

「寂しいのは今だけだ。斎王の任はきっと千枷殿を満たしてくれよう」

震える声でこぼした私の声を拾った主上の言葉に、思わず強く否定しそうになってしまい呑み込むと、斎王専用の輿、葱華輦に乗り込んだ。

「……っつ、ふさ」

必死に抑えてもあふれてしまう嗚咽。

四方を閉めきられた帳の中で、私はひとり引き裂かれるような胸の痛みに涙を流し続けた。


――声が、聞こえた。

それは、いつかも耳にした声だ。

『……つき』

「……誰？」

見渡すと、真っ白な空間にまた声が響く。

『いつき……』

いつきと聞き取れて、そうだと思い出す。

あの時も確か、いつきと呼ばれていた。

「違うわ、私は……」

千枷だと答えようとして、しかし違和感に気付く。

『いつき』

呼び声の主が誰であるかわかるのだ。

龍芳のものに似ているが、少し違うようにも聞こえる涼やかな声。

呼ばれるたびに、愛しさが胸の奥からあふれて体中に染み渡る。

どうして思い出せなかったのか不思議なほど、自然とその名を呼ぶ。

「ミヅハ」

しっかりと音に乗せた刹那、〝私〟の意識が覚醒した。

「……ここは、どこ？」

辺りにはなにもない。

ただ、眩いほどの真っ白な空間が広がっているだけ。

私は、夢を見ているのだろうか。

『いつき！　聞こえるか⁉』

私しかいない空間に、ミヅハの声が聞こえる。

「ミヅハ！　なにこれ、私どうなってるの？」

『お前の意識は今、八咫鏡を通して千年前にいる』

「千年前……あ……そうか」

だんだんと思い出してきた。

前世を鏡で見て、呪詛を祓うヒントを見つけるはずだったのだ。

でも、突然苦しくなって、恐ろしい声が聞こえて……気付けば、千枷の意識と同化していた。

まだ人の姿もしていないカンちゃんと大角さんと共に暮らし、龍芳と夫婦になる約束をした矢先、斎王になれという主上の命により引き裂かれたのだ。

状況からして、千枷は間違いなく前世の私。というか、ミヅハは以前、幼馴染という関係しか口にしていなかったので少し驚きだ。

『いつき、早く戻ってこないと危険だ』

「そう言われても、どうやって戻ればいいのか。それに、目的のものはまだ見つかってないし」

それどころか、呪詛を植えつけた相手が誰なのかもまだわからないのだ。

その人に会い、手がかりを見つけられれば、突破口が開けるかもしれないのに。

このままではまた、夫婦となる前に引き裂かれてしまう。

「ねぇミヅハ、千枷は誰に殺されるの？」

『……それは』

『モウスグ　ワカルヨ　』

突如、ミヅハの声におぞましい声が重なった。

クスクスと笑う声が辺りに響いて、ミヅハの名を呼ぶ私の声もかき消される。

あれだけ真っ白だった景色は、いつの間にか黒に浸食され、足元まで闇に染め上げると、意識がぼんやりとし始めた。

ダメ。また意識を渡してしまっては、探せなくなってしまう。

手がかりとなるものを見過ごすわけにはいかないのだ。

けれど、どれだけ強く願っても私の意識が再び浮上することはなく、千枷へと溶けてしまった。

「ん……」

目覚めると、そこは真っ暗な森の中だった。

夜風に揺れる木々の隙間から、煌々(こうこう)と輝く満月がチラリチラリと顔を覗かせる。

「千枷？　起きたのか？」

囁く声は、愛しい人のもの。

耳から伝わるのは、愛しい人の鼓動。

草の上に寝転び、寄り添ったまま眠ってしまった私を、彼は……龍芳は、ずっと抱きしめていてくれたようだ。

「ごめん……私ったら、いつのまに」

「斎王の仕事、忙しいんだろう？　まだもう少し眠っててもいいぞ」

「だめよ。せっかく会えたんだもの」

体を起こして龍芳を見下ろすと、彼は「干汰たちには、本当に感謝しかないな」と微笑んだ。

本当に、干汰と大角には頭が上がらない。

主上から斎王になることを命じられた日、干汰は龍芳を呼びに村を出て、大角はこっそりと私の後を追ってきてくれた。

斎宮に辿り着いた日、眠れず夜半の月を眺めていると、大角がそっと姿を現したのだ。逃げるのならば、手を貸すと言って。

相手は冷泉天皇。逃げても逃げきれる相手ではない。

それに、逃げれば龍芳にも迷惑をかけるかもしれない。

だから私は首を横に振った。

『場所は覚えた。次は干汰も連れてこよう』

大角はその言葉通り、十日後、干汰を連れて斎宮にやってきた。

ふたりは姿を隠しながら何度も訪れてくれた。

斎宮での生活は寂しく、皇女ではないゆえに、女官たちからの陰湿ないじめもあったが、ふたりがいてくれたから過ごせていたと思う。

そしてなにより……。

「今夜は満月のおかげで千枷の姿がよく見えるな」

本来ならひと目見ることとさえ叶わないはずの龍芳と、月に一度、人目を忍びながらもこうして引き合わせてくれるのだ。

体を起こしてあぐらをかいた龍芳の指が、私の頬を撫でる。

「実は、千枷になにか贈り物をしたいと考えてるんだ。欲しいものはあるか？　探してくる」

「……探す？」

探すという言葉に、妙なひっかかりを覚え、私は首をかしげた。

大切ななにかを忘れているような気がするのだ。

「千枷？」

「あ……ごめんなさい。なにか、しなければならなかった気がして」

せっかく龍芳とふたりで過ごせる貴重な時だというのに、そればかりが頭を占めてしまう。

探す……探し物が、あった？

「平気か？　やはりまだ斎宮での暮らしはつらいか？」

「大丈夫。干汰や大角も気にかけてくれるし、ほんの少しでもこうして龍芳と会える。この幸せな時間があるなら、それだけで満足よ」

「姫さん、そろそろ戻る時刻だ」

迎えに来た干汰に声をかけられ、私は思わず「あ……」と寂し気にこぼしてしまう。

幸せな時間が、また終わってしまうのだ。

「次に会う時まで、なにが欲しいか考えていてくれ」

「ええ……。ありがとう、龍芳」

龍芳の唇が、私の額に寄せられる。

私たちの逢瀬の時間が終わりを告げる合図だ。

抱きしめ合い、再会を約束して、名残惜しくも何度も振り返りながら、私は斎宮へと戻った。

最近は人の姿にうまく変化できるようになった干汰と大角に心から礼を告げて別れ、褥に横になる。

ああ、もう会いたくてたまらない。

次の逢瀬に焦がれ、しかし頭の片隅にこびりついて離れない〝探し物〟の存在を意識しながら、眠りにつく直前。

『……いつき』

また、呼ばれた気がしつつも、私は日々溜まっていた疲れからか、深い眠りに落ちていった。

——き……いつき。

ミヅハの声が聞こえて、私は目を覚ます。

寝ぼけ眼（まなこ）にぼんやりと映るのは、こぢんまりとした格子の天井。

「……どこ？」

もしや、私の意識が現代の自分に戻ったのかと体を起こしたのだが、視界に飛び込んできたのは白い几帳（きちょう）。

ここは、千枷がいつも寝ている御帳台（みちょうだい）の中だ。枕元で焚かれている香の優しい香りがリアルで、これが夢ではないのだと告げていた。

そばにある柱の鏡を覗くと、千枷の顔が映る。

「もしかして、千枷の体に私の意識が覚醒した？」

魂が同じで、かつ八咫鏡やら呪詛やらが絡んでの奇跡……という感じなのか。

とにかく外の様子を見ようと自分にかけられた衣をどかし、御帳台から顔を出した。

長く艶やかな髪がはらりと肩から落ちる。

普段、斎王についている命婦（みょうぶ）と呼ばれる秘書のような女官の姿は見えない。

少し乱れている白小袖の胸元を直し羽織を探していると、濡縁から「姫さん、大変だ」と潜めた声で呼ばれた。

「おはよう、カンちゃん」

よく知ったあやかしの登場に安堵しながら彼のもとへと歩み寄る。

「カンちゃん？　寝ぼけてるのか？」

……いけない。つい呼んでしまったが、私は今、千枷だ。

私は生まれ変わりの者ですと説明すれば、あやかしであるカンちゃんなら理解してくれる可能性はあるけれど、勝手な真似はやめた方が賢明だろう。

例えば、過去を変えることによって呪詛から逃れられる未来もあるかもしれない。

でも、それによって未来がどう変わるかはわからないのだ。

「寝ぼけてたかも。ごめんね。それで、大変ってなにかあったの？」

「ああ。もしかしたら、龍芳との逢瀬が、バレたかもしれない」

鼓動がひとつ、嫌な音を立てるように重く跳ねた。

「誰かに見られていたということ？」

「多分な。宿に手伝いに来てる瀬織津姫さんがかまいたちから聞いた話だと、二日前、縁の野郎がこっちに向かってるのを甲賀(こうが)の辺りで見たらしい」

甲賀から斎宮までだと急げば二日もかからないはず。風の如く移動スピードの速いかまいたちが二日前に見たということは、今日中には主上は到着するのだろう。

その前に、斎宮内を歩いて少しでも手がかりを探しておきたい。

「証拠は掴まれてないと思うが、しばらくは警護が厳しくなるはずだ。龍芳には大角が伝えに行ってる。ほとぼりが冷めるまで会うのは控えた方がいい」

カンちゃんの言葉を受けて、気持ちが重く沈む。

これは、私の心というよりも龍芳を想う千枷の心がそうさせているのだろう。

斎宮という檻に閉じ込められた千枷。

心の拠り所である愛しい龍芳と会えなくなるのはつらいはずだ。

「わかったわ……。主上には、うまくごまかしてみる」

「ああ、なるべくオレもそばにいるけど、縁は都じゃ奇行が多い変わり者って噂もあるから十分気をつけるんだぜ」

「ええ、ありがとう」

警護の様子を見てくると言ってカンちゃんが部屋から出ていくと、胸に圧しかかる苦しさを紛らわそうと息を吐いた。

気分の落ち込みがひどい。

意識が私ではなかったら、今、千枷は涙を流していたのだろう。

本当は千枷の心を休ませてあげたいけれど、私にはやるべきことがあるのだ。

十二単へと着替えを済ませ、日課である祈りを捧げた後、濡縁に立って広い庭園を眺める。

呪詛の力を助けているものを探すにも、斎宮から出られないのが難点だ。

そもそも千枷は誰に、どこで殺されたの？

ミヅハは男だと話していた。

千枷に執着する男といえば……。

「主上……？」

彼は千枷を斎王にすることにこだわり、今は二カ月に一度ほど、千枷の様子を見に土産を持ってお忍びで訪れている。

お忍びといっても斎宮の人たちは主上であることは承知しており、堂々と千枷の部屋に入っては寛いでいた。

『内裏という場所は権力を手に入れんという欲であふれかえり、吐き気がするほど窮屈でつまらない。だから、ここで君と会うのは、わたしの楽しみなんだ』

あやかしたちとの愉快な話を聞かせてくれと笑う主上がいい人であると信じたい。

けれど、今ここに向かっているのも、龍芳とのことを耳にし、問いただすために違いない。

カンちゃんの忠告通り、気をつけなければならないのはわかってはいるけれど、今は呪詛の手かがりを探すのが優先。

まずは宝物を貯蔵している斎宮寮庫を見せてもらえないか聞いてみようと、隣の部屋で待機している女官に声をかけようとした時だ。

「どこへ行くのかな?」

曲がり角からぬっと主上が現れた。

笑みを湛えてはいるが、どこか底冷えするような声色に悪寒が走り、身を固くしてしまう。

「お、主上……」

「ここでは縁だよ」

「も、申し訳ありません」

千枷の意識を通して見てはいたが、主上と話すのは初めてだ。

しかし警戒すべき相手だと気を引きしめたばかりだったために、うまく言葉が出てこない。

それに、さっきの悪寒がまだ尾を引いているのか鳥肌が止まらないのだ。

「それで、君は今どこに行こうとしたのかな?」

「尋ねたいことがあって、誰かを呼ぼうかと」

「尋ねたいこと、か。それなら、わたしにもあるんだが、いいかい?」

十中八九、逢瀬の件だろうと予想しつつ「はい」と答える。

できる限りなにも知らぬ顔で。

「斎王によく似た女性が、夜分、斎宮の外で男と会っているのを見かけたと、ここで働く者が話しているらしい」

ああ、カンちゃんの言った通りだった。

主上は逢瀬の真実を確かめるため、京の都から伊勢国まで馬を走らせたのだ。

微笑んではいるけれど、笑っていない双眸で私をじっと見つめる。

「もしや君は、隠れて龍芳と会っていたのか？」

「いいえ、会っていません」

そう。私は会っていない。会っていたのは千枷だ。

堂々と答えると、主上は不思議そうに私を見つめた後、「そうか」と頷いた。

そしてそのまま私を観察する。

「な、なにか？」

「いや……なんだか、雰囲気が変わったような気がしてね」

「雰囲気、ですか？」

「ああ。強くなった、というか」

それは、私が千枷よりも粗野に見えるということか。失礼だと抗議したいところだが、それこそ千枷らしくないのでそっと深呼吸して気持ちを静める。

「それで、私への疑いは晴れたのでしょうか？」

「口ではなんとでも言えるものだ。だが、証拠もない。とりあえずは龍芳のもとへ向かった兼忠が戻るのを待とう」

龍芳のところに兼忠様が……。

大角が龍芳に知らせに行ったとカンちゃんが言っていたし、きっとうまくごまかしてくれるだろう。あるいは薬を届けに出かけて留守にしているかもしれない。

きっと大丈夫。そう思うのに……なぜか胸がざわつき、嫌な予感がするのだ。

これは私が感じているものなのか、千枷が感じているものなのか。

「それで、君はなにを尋ねようとしていたのかな」

「寮庫を見たくて」

「寮庫？　なぜだい？」

「それは……以前、貴重なものが色々あると聞いていたので」

「今までどんな贈り物をしても興味がなさそうだった君が？」

しまったと、とっさに口を噤む。

確かに千枷には物欲があまりなかった。

それよりも、龍芳との短くも幸せな時間や、心配して通ってくれているカンちゃんと大角さんと一緒にいる心安らぐ時間を大切に思い欲していた。

ここで疑われては捜索のチャンスが失われてしまう。

私は、慌てつつも思いついた理由をできるだけ冷静に話す。

「古いものには付喪神が宿ります。なので、賽庫にもいるのではと……」

我ながら自然でいい理由だと思った。千枷っぽくもあるだろうと。

しかし、主上の目は依然として笑ってはいない。

「なるほど。付喪神か。いたら友達が増えていいね。でも、よく覚えておいてくれ。君がここにいるのは、斎王としてわたしのために神の声を聞き、わたしのために生きていくためだ」

ゾッとするような笑みと、心の浸食を図るように、ゆっくりと吐き出された言葉。

この人は、こんなにも瞳に狂気を孕ませる人だったか。

龍芳のことで箍がはずれた？

主上は私の前に立つと、腰を折って耳元で囁く。

「君はわたしのために生まれてきたのだ。龍芳には分不相応。わたしから奪おうなど死罪に値するだろう？」

恐ろしい言葉に、一瞬、呼吸が止まった。

「し、ざいって……龍芳はなにもっ」

奪おうとはしていない。

龍芳はただ千枷を想い、会いに来ているだけだ。

疲れた千枷をねぎらって、また会えると見送ってくれる。

離れがたそうな瞳をしていても、引き止めたことなんて一度たりともなかった。

感情が高ぶって、思わず主上の着物に縋り、掴んだ時だ。袷の隙間に、首から下がる翡翠色の勾玉を見つけた。

その瞬間、胸が締めつけられるような感覚がして、逃すように息を吐く。

「……縁、様。その勾玉は、もしかして」

覚えがあった。

色や形ではなく、勾玉そのものが持つ霊気のようなものに。

なにより……。

「ああ、さすがだな。わかったのかい？　これは、君が妖狐の穢れを祓った時に媒介となっていた勾玉だ。君とわたしの思い出の品だよ」

とてもよく似ているのだ。勾玉からじわりと湧き出る禍々しい気配が、私の中に植えつけられた呪詛の雰囲気に。

「あなたが……私を」

千枷を、その手にかけるのか。

言葉にはならず、一歩後ずさると、主上は目つきを鋭いものに変える。

「誰かいるか」

「はい、こちらに」

「しばらく斎王を部屋から出すな」

「は、はい」

主上はひれ伏す女官を一瞥し、視線を私に戻すと笑みを作った。

「すべて終わるまで、ここでおとなしくしているんだよ。わたしの斎王」

うっとりと呼んで、主上は踵を返した。

「……おとなしく？　するわけないじゃない」

見つけられたのだ。

あとは意識を現代にいる私へと戻し、保管されている場所に行って祓うのみ。

……なのだが、そこではたと気付いた。

「戻り方がさっぱりだった」

「斎王様？」

独り言ちた声に、見張りを任された女官が首をかしげる。

私は愛想笑いで対応しつつも、自分の体に戻る方法を思案する。

鏡で見ているだろうミヅハや母様たちと相談できればいいのだが、意識が私に代わってからミヅハの声は聞こえていない。

呼びかけたら聞こえるだろうか。

試しに「ミヅハ？　聞こえる？」と尋ねてみるも、返事はない。

返ってきたのは、女官の怪訝そうな視線だけだ。

「えっと……今から神の声を聞きます」

「神殿ではなく、ここでですか？」

「出るなということですし、仕方ないのでここで。もしかしたら、おかしな会話が聞こえるかもしれませんけど、神が相手なので気にしないでくださいね」

「は、はあ……」

女官の顔は完全に変人を見るようなものだが、気にしている暇はない。

今は意識こそいつきだけど、体は千枷だ。斎王として過ごし、日々祈りを捧げている今の千枷の力を借りられれば、ミヅハと会話もできるかもしれない。

御座に座ると瞼を下ろし、深呼吸をする。

お願い、千枷。もうひとりの私。少しだけ力を貸して。

集中し、ミヅハの気配を探す。

庭園の木の葉を揺らす風の音。空を飛ぶ鳥のさえずり。

離れたところから女官たちの話し声が聞こえる中、微かに、その声を捉えた。

それは耳ではなく、頭の中に直接届く。

『いつき』と私を呼ぶミヅハの声を感じ取り、心が躍った直後。

『早く戻ってこい！』

「わっ、ビックリした！」

張り上げられた声に私の肩が大きく跳ねた。

『最期の時まで時間がない。今の要領で俺の神気を辿りこっちに戻れ』

「や、やってみる。でも、その前に伝えないといけないことがあるの」

『勾玉だな？　こっちでも鏡に映って確認できた。だが、どこにあるか見当もつかない』

呪詛を増幅させている呪具が判明しても、場所がわからなければ祓いにも行けない。でも、私にはひとつ、心当たりがあるのだ。

『へぇ〜。歴代の天皇様の。なにかおもしろい逸話はあった？』

『そうねぇ、おもしろいというか、少し切なくて恐ろしげだったから印象に残っているものはあったわ』

『どんなの？』

おはらい町、五十鈴川沿いのカフェを出てさくちゃんと交わした何気ない会話。

『ずっと昔の天皇様がね、愛した女性を繋ぎ止めるために狂って殺してしまうのだけど、魂を自分のもとにとどめるために使った道具が、伊勢にあるかもしれないって逸話よ』

これが、冷泉天皇と千枷のことを示しているのであれば。

「さくちゃんなら場所がわかるかもしれない。ミヅハ、さくちゃんに」

呪具が勾玉であるのか、もしそうであればどこにあるか知っているか聞いてほしい。

そう続けるつもりだったが、まるで邪魔するように意識が朦朧とし始める。

「な……に……急に……」

『いつ……く戻……お前の……危ない』

焦るようなミヅハの声が途切れて聞こえる。

ミヅハの気配を辿って自分の体に意識を戻さなければと思うのに、抗いがたい力に引きずられるように、私は……。

「斎王様!?」

その場に倒れた。

【七章】千年の枷

「いつきは戻ったのか!?」

「ミヅハ、少し落ち着きな」

瀬織津姫は俺を諫め、意識を失い横たわっているいつきの額に手を当て確かめる。

「……いや、まだ向こうだね。天照の姉さん、強制的に引っ張ることは可能かい?」

「できるならとっくにやってるわよ。でも、八咫鏡に力を送りながらじゃ、うまくいつきちゃんの意識をこっちに繋げられなくて」

さらには呪詛が目隠ししているらしく、いつきの気配を見つけても糸が切れるようにまた見失ってしまうのだと天照様が説明した。

早くしないと時間がない。

八咫鏡が映す過去の映像は、いつきと千枷と意識の影響か、映画のように途切れては繋がる。こちらの時間と比例してはおらず、実際、映像の中ではすでに一年が経過しているのだ。

しかし、こちらではまだ一時間ほど。日付さえまたいではいない。

映像には、女官たちに介抱されている千枷の姿が映っている。

今、兼忠が龍芳のもとに向かっているなら、千枷の命が終わるのも……もう間近だ。

横たわったままのいつきの顔色は悪い。

少彦名殿の薬もあまり効いている気配はない。

先ほどいつきは友人のもとへ向かえと言いたかったのだろうが、ここから離れている間にその時を迎えたらどうなる？　友人のもとへ向かい勾玉を探すくらいなら、須佐之男さんのところへと一瞬考えてしまうが、それはできない。いつきは、俺がその手段に出るのをよしとせず、八咫鏡で過去を覗く方法をとったのだ。

「ミヅハ、桜乃ちゃんのところに行っておいで。もしもの時は、あたしが全力で祓う」

「ダメだ」

以前、呪詛の力を抑え込んだ影響で、瀬織津姫は今の俺よりも祓う力が弱く、回復するには何百年という時間が必要なはずだ。

なにより、瀬織津姫も天照様と同様、八咫鏡に力を送っている。

そんな状態で祓えば負担はさらに圧しかかり、間違いなく命を失うだろう。

いつきはそんな結末を望まない。

では、どうするのが一番得策なのか。冷静に考えようとすればするほど焦りに負け、うまくまとまらず、拳を強く握った時だ。

「呪具はオレと大角が見つけて祓いますよ」

「千汰、大角……いつからそこに」

「言っとくけど、ここに来た時にはすでに扉は開いてましたからね」

多分、慌てて俺が部屋に飛び込んだ時に閉め忘れたのだろう。

加えて、呪具のくだりを理解しているということは、そこそこ最初の頃から様子をうかがっていたはずだ。

いつきを心配し、千年前の当事者として放ってはおけなかった、というところか。

大角が「若旦那」と俺の前にひざまずく。

「どうか、俺たちに任せてください」

「姫さんの友人のところには、今さっき朝霧が向かいました。この時間に訪問するなら女の方がいいだろうってことで。あ、家の場所は豊受比売さんがネットを使って調べてくれましたよ。でもって、夕星は猿田彦さん夫婦を呼びに行きました」

どうやら皆、聞き耳を立てていたらしい。

八咫鏡と呪詛というふたつの大きな力が働けば、気付かれても仕方ないのだが。

瀬織津姫が満足そうに頷く。

「皆いい判断といい動きだ。呪具の方を祓えたとしても、いつきの中に巣食う呪詛を祓う時、いつきはギリギリの状態になる。そこで婚姻の儀を行い、いつきの命を繋ぐって算段だね」

「さっすが天のいわ屋を立派に成長させた敏腕女将。ちなみに、今さっき、司天寮の式神からこいつをもらいましてね」

干汰が指に挟んでピッと見せたのは、陰陽師たちが使う霊符だ。

「姫さんに使うには危険だが、勾玉が相手なら遠慮なく使える」

ニッと笑った干汰は八咫鏡が映す千枷の姿を見つめ、ほんの一瞬、悲しそうに目を細め、またいつきへと視線を移す。

「頑張れ、姫さん」

いつきも、干汰も、大角も、過去を乗り越えるために動いている。

俺は決心し、干汰と大角に頷いてみせた。

「わかった。俺はいつきの意識を引っ張り上げる。勾玉の方は頼んだぞ」

強く頷き返したふたりは、すぐに部屋を出ていった。

代わりに部屋に入ってきたのは、驚くことに、ふたつのタブレットを手にした豊受比売さんだ。

天照様が楽しそうに目を見張る。

「あららぁ？　珍しいじゃないの〜」

「ほ、本当は自分の部屋に籠っていたいんですけど、皆さんから連絡係を任されてしまったので。でも、いつきさんを助けたい気持ちは皆さんには負けませんからっ！」

豊受比売さんは、八咫鏡に千枷の姿が映っているのを見てから座卓にタブレットを並べた。

画面に地図が映し出され、よく見ると三つ、小さなアイコンが動いている。

ひとつは内宮の御手洗場にあり、もうひとつはおはらい町を抜けていくところだ。さらにもうひとつは、たった今五十鈴川駅の近辺で止まった。

「それはなんだ？」

「これは、以前、司天寮の阿藤さんにいただいた追跡アプリです。司天寮の皆さんは式神を飛ばしてるようなんですが、今回はそれぞれに神鶏を遣わせて、タブレットで様子を見られるようにしました」

話しながら、豊受比売さんが五十鈴川駅付近のアイコンをタップすると映像に切り替わる。民家の玄関口で、おっとりと首をかしげるのはいつきの友人、桜乃だ。

『冷泉天皇様が使った呪具のことですか？』

朝霧は興奮したように『そう、それだわ！』と両手を合わせる。

『保管されている場所ってわかるかしら？』

『ええっと、定かではないとのことですけど、一説には島路山（しまじやま）のどこかではと囁かれているって本に書かれていました』

島路山は内宮の南東に位置する山だ。伊勢神宮近隣の森林と合わせて神宮林とも呼ばれており、稜線を共有する神路山（かみじやま）には豆吉が住んでいる。

ふたりの話を聞きながら、豊受比売さんは別のタブレットを操作し始めた。

『島路山……広すぎるわね』

『あの、緊急事態って、いっちゃんになにがあったんですか？』

『話すと長くなるの。落ち着いたら必ず報告に来るから、舞女の桜乃さん。どうか、いつきちゃんの無事を祈ってあげてね』

『は、はい……！』

朝霧は礼を述べると身を翻して道を戻り、宙を舞うぽってりとした神鶏を見上げる。

『豊受比売様、聞こえます？』

「こ、こちら豊受比売です。拝見してました」

『それなら話は早いわね。勾玉は島路山にあるかもってことだけど、それらしい話、聞いたことあります？』

「いえ……物が物ですし、ひっそりと祀らせたんじゃないでしょうか。今調べていますが、司天寮が作った司天マップにも特に載っていないようですね……」

アプリだとか司天マップだとかよくわからないが、とりあえず豊受比売さんが司天寮の人間たちとそこそこ繋がりがありそうなのはわかったところで思いついた。

「……豆吉だ。豊受比売さん、干汰たちに連絡して豆吉に会うように伝えてくれ。島路山は神路山に住む豆吉の散策コースだ」

今まで俺たちに感知できなかったということは、放つ瘴気はわずかなのだろう。

だが、散歩で近くを通ったことがあれば、なにか心当たりがあるかもしれない。

「わ、わかりました！」

豊受比売さんが干汰たちに連絡を取り始め、俺はまだ眠ったままの千枷を確認してからいつきを見下ろす。

「いつき」

手を、いつきの頭に近づけると触れないように注意しながら瞼を閉じ、集中した。

過去にいるいつきの意識を引っ張り上げるため、細く延びる気をゆっくりと辿っていくと、天照様が言っていた通り、突然視えなくなる。

呪詛が邪魔をしているのだ。

俺の神気を通さないとばかりに黒いモヤが集まってくるような気配を感じ、進むのを止めた。

無理に突破すればいつきの命を危険に晒すかもしれない。

仕方なく、一度引いて先に会話を試みる。

「いつき」

八咫鏡を介して神気を過去に飛ばすと、俺の気配を感じ取るのが上達したのか、千枷の唇が「……ミヅ、ハ」と名を紡いだ。

＊＊＊

私を呼ぶ声が聞こえた気がして目を覚ます。

「……ミヅ、ハ？」

声に出してみても返事は聞こえず、気のせいだったのかもしれないと体を起こした。

御帳台から出ると、外は真っ暗だ。

「そうか……私、倒れたんだ」

ミヅハに勾玉の話をしようとして、急に意識が遠のいた。

さくちゃんのことは伝えられたはずだけれど、どうなっているのか。

そっと部屋の様子をうかがうと、女官がひとり、うつらうつらと頭を揺らして眠っている。見張りを任され、限界がきてしまったのだろう。

逃げたりはしないから、横になってゆっくり寝かせてあげたい。

声をかけようかと迷っていたら、庭に大猫の姿のままで大角さんが現れた。

「千枷っ……」

「大角？　そんなに慌ててどうしたの？」

千枷の口調を意識しながら話しかけると、大角さんは息を切らしながら前足にきつく巻いた布から手紙を咥え取る。

「これを……龍芳から預かった」

「龍芳から……？」

千枷宛ての手紙を、私が開いていいものかと戸惑い悩んでいれば、大角さんが「読んでやってくれ」と促した。

終わりの時はいつなのか。もしも時間がないとしたら、読んでおいたほうがいいのかもしれない。

私は申し訳なく思いつつも意を決して手紙を開く。

【君の幸せをねがう。来世で、かならず添い遂げよう】

急いでしたためたのか、文字は乱れているけれど確かにそう読めた。

来世でと、なぜ龍芳は今を諦めるのか。

『とりあえずは龍芳のもとへ向かった兼忠が戻るのを待とう』

『龍芳には分不相応。わたしから奪おうなど死罪に値するだろう？』

主上は、兼忠様になにをしに行かせた？

もしや、死ぬのは千枷だけではなかった？

手紙を持つ手が震える中、恐る恐る尋ねる。

「龍芳は……どうしたの？」

この手紙を預かったということは、大角さんは龍芳とは会えたのだろう。

では、なにがあったのか。

大角さんは、項垂れるとぽつりぽつりと言葉を紡ぐ。

「ふたりのことがバレたかもしれないから、しばらくは村から離れた方がいいと伝えた直後……兼忠が村に入ったと村のあやかしから報告があり、龍芳はその手紙をしためた」

『大角、俺に万が一のことがあれば、これを千枷に渡してくれ』

『手紙か？』

『ああ。こんな約束で縛りつけるのは、卑怯かもしれないけどな』

それでも、千枷が絶望しないように、少しでも希望を持って今生を生きてくれればいい。

だからどうか、千枷を頼む。

願わくば、生まれ変わったその時も皆でまた過ごせたらと告げ、大角さんに手紙を託した龍芳は……。

「川沿いの林に隠れながら逃げたが、途中で兼忠に追いつかれて……」

かばおうとした大角さんを制し、千枷のもとへ行けと叫んだらしい。

血を吐く思いで走りだした大角さんが振り返ると、その双眸に映ったのは、五十鈴川の川縁で、兼忠様の刀に倒れる龍芳の姿。

「すまない……助けてやれず……すまなかった……」

大角さんが涙をこぼす中、千枷の意識が大きな波のように押し寄せる。

私はその波に逆らわずに身を委ね、千枷に任せた。

「たつ、ふ……さっ……」

震える唇が、愛しくてたまらない人の名を紡ぐと、堰を切ったように涙があふれ、頬を濡らしていく。

胸が張り裂けそうなほどの絶望に嗚咽が止まらず、呼吸もままならない。

ごめんなさい。ごめんなさい。

胸の内で繰り返される後悔と謝罪。

会いたいと乞い願わなければ、龍芳は今も村で平穏に過ごせていたのかもしれないのに。

ごめんなさい。

あなたを死に追いやってしまってもなお、会いたくてたまらないなんて。

「ごめん、なさいっ……龍芳……」

手紙を抱きしめながら崩れ落ち、何度も名を呼び続けるも……返るのは、夜の静寂だけだった。

＊＊＊

愛する者の死に絶望し、涙を流す千枷の姿に耐えきれず唇を噛んだ。

龍芳としての生を終え、ミヅハとして生まれ変わっても、自らが遺した約束と前世の記憶はしっかりと覚えている。

だが、千枷の最期がどうだったのかを実際に目の当たりにしたことはなかった。

「……生きて、ほしかったんだ」

干汰も大角もそばにいる。

千枷なら乗り越えて生きていくと思っていた。

だが……縁はこの時すでに、人の心を失いかけていたのだ。

ゆえに、凶行に至った。

「あのっ、ミヅハさん、干汰さんたちが豆吉さんに会えました！　それらしき場所があるそうです！」

豊受比売さんの声に、俺は弾かれるように映像から視線をはずした。

「今、豆吉さんの案内で向かっています」

大角が干汰を背に乗せ走っているのだろう。マップのアイコンが猛スピードで山の中を動くのを見ながら、豊受比売さんが状況を説明してくれる。

「それらしきとは？」

「島路山に、どことなく重苦しい場所があり、よく見ると蔦の這った祠がひっそりと建っているらしいです」

さらに聞くと、そこは十数年前から時折黒いモヤがまとわりついて、なにかを探すようにウロウロと祠の付近をさまようこともあったそうだ。だが、特に悪さをする気配もなく、そっと消えていくだけだったと。

黒いモヤと聞いて思い出すのは、事故の際、いつきが目撃したもの。

もしそれが本命なら、呪詛はいつきと俺が出会ったのを感じ取り、縁から与えられた役目を果たすべく、ひっそりと動いていたのかもしれない。

そうして、いつきに死を与えることで俺たちを引き離そうと事故を起こし、呪詛の力を増幅させたのではないか。

ともかく、最後の時は刻々と迫っている。

「頼むぞ……」

当たりであれと願っていると、瀬織津姫が「ミヅハ」と俺を呼んだ。

「急いでいつきを起こして引っ張り上げな」

言われてよく見れば、いつきの呼吸が浅い。

映像では、千枷が泣き腫らした瞳をぼんやりと夜空へと向けていた。

千年前、そばにいてやれなかった痛々しい姿を胸に焼きつけ、息を深く吸い込み集中する。

「……いつき」

来世で添い遂げようと、身勝手にも約束を遺した。

生まれ変わってみれば、俺は神族で、いつきは人間で。記憶を持っているのは俺だけで、いつきはかつて刻まれた魂の記憶を綺麗に忘れたままだった。

「いつき」

千枷の面影はあれど、いつきは千枷ではない。その事実は物心のついた俺を落胆させたけれど、いつきが『ミヅハ』と新しい名を呼んでくれるのは心地がよかった。

「いつき、聞こえるか？」

月を見上げていた千枷が、ゆっくりとこちらを振り向く。

「干汰と大角が、お前を助けるために呪詛を祓いに向かっている。全力で走ってる」

ふたりはずっと、俺たちを救えなかったことを後悔して過ごしてきた。

俺が幼い頃、龍芳の生まれ変わりだと告げ、ふたりとの再会を喜んだ時、彼らは笑顔ではなく、泣きそうな顔ですまなかったと頭を下げたのを今でもよく覚えている。

俺は、希望を遺してきたつもりが、実際にふたりが抱えていたのは深い後悔だった。

大角は口にはしなかったが、干汰はよく言っていた。

今生こそ、幸せになってくれと。

……ふたりだけではない。

「朝霧と夕星も、奔走してくれている。豊受比売さんも部屋から出て頑張ってる。天照様も瀬織津姫もだ」

悲劇の斎王。その生まれ変わりであるいつきを見守り、多くを語らず、優しく手を引いてくれた天のいわ屋の皆。

俺も……いつきを、そばで見守っていくつもりだった。

忘れているなら、約束に囚われる必要はないと。

もとより、神と人では生きる時の長さが違う。

人として生きるいつきを、俺の身勝手で人の理からはずしたくはなかった。

しかし、いつきが俺ではない誰かを選んで離れていくのはつらい。

だから距離を取った。傷つけぬように、傷つかぬように。

だが、俺はもう選んだ。

「いつき、俺はお前と生きていくと決めた」

縁にも、他の神にもくれてやるものか。

「戻ってこい。枷を祓って、終わらせよう」

千枷を囚え、いつきを苦しめる、千年に渡る枷を。

身の内に宿る神力をいつきの意識に繋ぐよう、もう一度「いつき」と名を呼ぶと、悲しみに暮れ、絶望の色を映していた千枷の瞳に力が宿るのを見た。

「干汰さん、大角さん、祠に到着です！」

豊受比売さんが興奮気味に報告をすると、タブレットの映像には強烈な風を浴びる干汰たちの姿。

『なんっだ、この瘴気！　近づいた途端に弾けたみたいに！』

頭のバンダナを押さえながら叫ぶ干汰に、大猫姿の大角が毛をなびかせ威嚇するように尻尾を膨らませている。

『千年の間、力を蓄えていたんだろう。だが、それは俺たちも同じだ』

『おうよ！　豊受比売さん！　姫さんの様子は？』

「まっ、まだ意識は千枷さんのところにあります」

『オッケー！　んじゃ、ちゃっちゃっと祓ってやろうぜ大角』

『そうだな。早く縁の執着から解放してやろう』

ふたりが祠を挟み込むように立ち、瘴気で舞い散る砂埃をかぶりながらそれぞれの妖気を膨らませていく。

千年以上生きるあやかしの力は強大で、天照様が感嘆の口笛を吹いた。

「やるじゃない、成長したわねぇ」

ふたりの妖力に勾玉から放たれる瘴気が徐々に抑え込まれるが、あと一押しが足りない。

干汰が舌打ちをし、大角が唸った時だ。

『僕もいつき様のお役に！』

豆吉が妖力を放出し、勾玉へと向かわせる。

突如、別方向から力が加えられたことにより、瘴気は戸惑うように分散され、隙ができた。見逃さなかった干汰が祠へと一気に距離を詰め、札を貼りつけた直後——。札から十字を切るように光が放たれ、それぞれの先に東西南北を守護する、青龍、白虎、朱雀、玄武が現出した。

『司天寮っていつもこんなん使ってんのか!?』

干汰が驚愕するのも無理はない。

現れたのは、かつて安倍晴明が使役したとされる式神、四神獣。その四神の力は、圧倒的な力を持って縁が植えつけた千年の呪詛を鮮やかに浄化し、鎮めた。

『は……祓えたぞ……姫さん！　祓えたぞ！』

干汰の声が喜びに震え、瀬織津姫が「今だよ、ミヅハ！」と叫んで、俺は枷をはずしにかかった。

＊＊＊

あれは確かにミヅハの声だった。

悲しみに暮れる千枷の想いに揺蕩う中、私は確かに彼の声を聞いたのだ。

皆のこと、ミヅハの想い。終わらせようという言葉。

そうだ、私は現世に戻り、枷を祓って終わらせなければならないのだ。

早く戻らないと。

「警護ご苦労。斎王に変わりはないか？」

「は、特に異常はありません」

遠くから聞こえる主上の声に、私は急ぎ大角さんの鼻頭をそっと撫でる。

「大角、行って。あなたは兼忠様に姿を見られている。龍芳をかばったなら、あなたたちまで追われてしまうかもしれない。しばらくはここへ来てはダメ。ほとぼりが冷めるまでは千汰と隠れていてね」

声を潜めて告げる私に、大角さんの瞳が不安を纏って揺れた。

「千枷は、大丈夫なのか？」

「……大丈夫よ。また、会えるから」

「保証はないだろう」

「私が保証する。ただ、私は別の私になっているけれど、それでも必ず会えるから」

漠然とした私の言葉に、大角さんはなにか言いたそうに見つめるも、結局言葉は紡がずに頷いた。

「皆で、また過ごしましょうね」

「……干汰と、待っている」

「ええ」

『またね』とも『さようなら』とも、互いに口にしなかった。

どちらもやってくると知っているけれど、声にしたらここから逃げたいという気持ちに負けてしまいそうだから。

これから起こるであろう凶行はひどく恐ろしい。

けれど、怯えてばかりではいられない。

『戻ってこい。枷を祓って、終わらせよう』

ミヅハが待ってくれているのだ。

泣き腫らした瞼が重い。

龍芳を失ったばかりで、心はまだ深く沈んだままだ。

ごめんね、もうひとりの私。今、あなたを助けることはできないけれど、私たちを縛る枷を取り払ってみせるから。

真夜中を包む静寂の中、徐々に近づくぎしりぎしりと床を踏む音が止まる。

「……もしや、起きているのではと思ったが、やはりか」

月の光を受ける主上の姿は青白く、どこか生気のない人形のように見えた。

主上は視線を庭へ向け、濡縁に膝をついたままの私へと戻すと口元だけで微笑む。

「君を起こしたのはあやかしかな？　彼の死を、知らせに来たのだろう？」

口ぶりからして兼忠様が戻り、龍芳の死が告げられたのだろう。

「どうして、龍芳を殺めたんですかっ」

冷静に問いかけるつもりだったけれど、怒りと悲しみに声が震える。

主上は相変わらず白い顔で私を見下ろしながら言った。

「斎王は神に仕えるため清くなくてはならない。恋慕を抱くことは禁じられている。罰を与えねば」

「罰なら私に与えればいいでしょう？」

目頭が熱い。視界が滲む。

主上の前で涙をこぼしたくはないけれど、千枷の心が悲しみに叫んでいた。

どうして龍芳を、と嘆き続けているのだ。

「それは逢瀬を、認めるということかな」

薄く笑う主上の表情は、気味が悪くて寒気がする。

もともとの気質なのか、勾玉によくないものを溜め込んでしまったせいか。どのみち今の私には彼をどうすることもできない。

龍芳も、逢瀬を認めたところで、彼が黄泉の国から還ってくることはない。

「……少し、ひとりにしてください」

千枷の心を休めるためにも、集中しミヅハのもとに帰るためにも。

お辞儀をし、引き取ってもらおうとしたのだけれど、主上の足はその場から動かない。代わりに彼の手が、私の着物の袷に挟んであった手紙を奪う。

「かっ、返してくださいっ」

手を伸ばすも、主上は軽やかにかわして読んでしまった。

「なるほど、来世か」

龍芳の手紙から視線をはずした主上の顔には表情がない。

怒るわけでもなく、鼻で笑うでもなく、ただ、仄暗い双眸が私を見つめている。

不気味な雰囲気に気圧され、私は緊張に喉を鳴らした。

「なあ、千枷殿。わたしが君の噂を耳にした時、清明に斎王にしたいと提案したんだ。しかし奴は反対した。千枷殿と運命を交わらせては、わたしは人の道からはずれることになると」

安倍晴明は祈祷や祓いだけでなく、星詠みにも長けていると聞いている。

その清明が、未来を予言していたにもかかわらず、なぜと眉根を寄せたところで、ようやく主上に表情が戻る。

しかしそれは狂気を孕んだ笑み。

「人の道からはずれるとは、なんとおもしろいと思った。わたしを人の道からはずさせる君に会いたいと、強烈に思った」

ああ、彼が奇人であると言われるのはこういった考えを持っているからだ。

けれど、それがもとからの性質でないことを千枷は知っている。

猜疑心だらけの大内裏にいては常に孤独で、この斎宮にいる間は安らいで見えた。

無理矢理に斎王にさせられても、苦悩を知れば千枷は主上を邪険にはできなかったのだ。

そんな優しい千枷に惹かれ、縋って……。

「道をはずすもいい。人でなくともいい。あやかしとなっても、美しい君の目はわたしを映すことができるだろう？」

嫉妬に狂った。

「だが、君の瞳にわたしは映らない。わたしと共にいても、龍芳を想う瞳でわたしを見ていた。邪魔な男よ。もういないのに、君はまだ龍芳を想うのか」

勾玉からどろりとした瘴気が流れ、うっすらと主上を覆う。

慄いた私が一歩後ずさると、主上は腰にある刀をすらりと抜いた。

喉がひゅっと鳴り、体が強張る。

「……ミ、ヅハ」

震える声でこぼし、必死にミヅハの気配を探る。

早く、ミヅハの神気を探して辿らなければ。戻らなければ。

じり、と距離を取り後ろに下がる私を、主上の虚ろな瞳が追う。

刀の切っ先が、月の光を受けて鈍く光った。

「ダメです。そんなことをしたら堕ちてしまう。黄泉の国の奥深くに囚われて、転生さえ叶わない」

頭を振って説得を試みるも、声が届いていないのか返事はない。

募っていく恐怖に、呼吸が乱れていく。

「ああっ、もう！　目を覚まして！　千枷にあなたを見てほしいなら、こんなやり方では伝わらない！」

最期の時が、こんなにも早く訪れるなんて。

死は、いつだって待ってくれないのだ。

父と母の死も、心の準備なんてできるはずもなく突然にやってきた。

龍芳と千枷の命の終わりも。

だけど、死を嘆いてばかりではいられない。

生きているのだ。私はまだ、生きている。

「ミヅハ！」

叫んだ瞬間、遠くにミヅハの神気を感じた。

この機を逃さないよう瞼を閉じて意識を集中すると、暖かな光が私を迎えるように広がって。

──腹部に激痛が走った。

ズブリ、ズブリと体がなにかを飲み込んでいく。

熱い。お腹が、熱い。

「あ……」

漏れ出た声は、口からごぼりと流れ出た血によってかき消されてしまった。

崩れ落ちる私の体を、主上が愛おしそうに支えて横たえる。

視界の端に、ぼんやりと月が見えた。

「はっ……は……」

朦朧とする意識の中、私は必死に腕を伸ばす。

ミヅハの光が、見えるのだ。

私を呼ぶ声が聞こえるのだ。

なのに、掴めない。答えられない。

「来世で幸せになどさせぬ」

主上が、私の胸の上に勾玉を置き、自らの手首を切ると勾玉に血をかける。

「もし出会うことがあろうとも、そこにわたしがいなくとも、この呪が必ずお前たちを引き裂いてくれよう」

悲しみと嫉妬に染まる声で呪詛を吐き出し、千枷を死へと導く。

私の意識を蝕み、共に引きずりながら。

そっちへは行きたくない。

私は、皆の、ミヅハの……ところ……へ……。


——こっちですよ。


真っ暗な世界に透明感のある優しい声が聞こえて、沈みかけていた意識が浮上する。

気付けば私の手を、少しだけひんやりとした女性の手が引いていた。

穏やかな川の流れに身を任せるようについていくと、ずっと求めていた神気が私に向かって伸びてくる。

『いつき』

確かに、ミヅハの声で呼ばれた私は手をいっぱいに伸ばし、光の中から現れたミヅハの大きな手を掴んだ。

光が弾けて、夢から目覚めるが如く、視界いっぱいに現実が広がる。

けれど。

「あ……っ……ぅ……！」

過去から帰っても、私の体はひどい苦痛に襲われていた。

身の内に残る呪詛が、私の命を食らい尽くそうとしているのだ。

「いつき！」

ミヅハの声に答えることができず、それでも帰ってこられた喜びのまま、必死に彼へと手を伸ばす。躊躇なくミヅハが私の手を取ろうとしたけれど、呪詛が抵抗するように弾きにかかった。

直後、室内に瘴気が立ち込め、低い声が響き渡る。

『シアワセニナド　サセヌ』

ほんの少し前に主上が吐いた言葉と同じものに、ミヅハがギリと歯を噛みしめた。

「……縁、お前の我儘(わがまま)に付き合うのもここまでだ」

バチバチと光が走ってもなお、ミヅハはかまわずに突破し私の手をがしりと掴む。

「いつき、あと少しだけ耐えてくれ」

呼吸さえやっとの中、私がこくりと小さく頷くと、ミヅハは痛みに耐えながら瞼を閉じて息を深く吸った。

「我より湧き出(いず)るは清なる流れ」

詠唱が始まり、ミヅハからあふれ出た神気が水のようにうねり、命を蝕む呪詛を取り除こうと私の体を包み込んだ。

「穢れしもの、禍つもの、呪縛の枷を解き放ち、我が名に、おいてっ……速やかに、黄泉の国へ去りいねと、宣(の)る！」

眉根を寄せながら途切れ途切れに唱えられた祓い詞により、私を取り巻く神気も力を増す。

ミヅハの想いがこもった神気は、私にとっては穏やかに流れる川の如く優しく、背中を押してくれるもの。

しかし、呪詛にとっては自身を押し流そうとする激流。

うめき声をあげ、必死に私の魂にしがみついた。

その苦しさたるや。

悲鳴も出せず、ひたすら胸に走り続ける痛みに耐えるも、意識が朦朧とし始める。

千枷、千枷と縋る声が頭の中で響く中、辺りに散らばってゆく瘴気を浄化するために力を使う母様の姿を見た。

母様、無理をしたらダメ。

口を開き、必死に声を絞り出そうとした直後、母様がふらりと倒れて四つん這いになってしまう。

「瀬織津！」

内宮を穢れから守るため、神域の結界を強化する天照様が叫ぶのを聞いたミヅハが、原因である呪詛を早く祓おうとさらに祝詞（のりと）を唱えるも、力が足りずにふらついた。

「も……、や……めて」

これ以上、私の大切な人たちを苦しめないで。

母様とミヅハの命まで奪わないで。

フラッシュバックする両親の死に、自らに迫る命の終焉（しゅうえん）の匂いに、一筋の涙がこぼれた刹那。

しっかりと繋がれた私とミヅハの手に、白く美しい手が添えられて包み込まれた。

『恩を、返しましょう』

聞き覚えのある優しい声。

温かい微笑みを浮かべたその一柱の神は、ここにいるはずのない女神様で……。

久しい親友の姿に、母様が泣きそうな顔で「ミツ……」と声をこぼす。

ミツ様は母様を振り返り頷くと、ミヅハの名を呼んだ。

『あなたを弱くしているのは恐れという枷。大丈夫、今度こそ守れます。あなたにはその力があるのだから。私が託した祓いの力が』

「先代……」

……ああ、そうか。

ミヅハは神として若いから力が弱かっただけではないのだ。

そういえば、彼は語っていた。

『前は、非力な人でただ約束を残すことしかできなかった。だが今生は、神として生まれることができた。前よりもずっと、大切な人を守る力を得られたと思っている』

力を得られたという自覚はあっても、千枷を守れず、残して逝ってしまった後悔が、彼の自信を奪っていたのだ。

大丈夫。私たちは共にいる。

想い合いながらも、離れた場所で命を失った千年前とは違う。

今度は一緒に立ち向かえるから。

私は、彼の手を握る自分の手に力を入れる。

今できる私の精いっぱいの力はとても弱いものだったけれど、ミヅハには伝わったようだった。

「いつき、ありがとう」

ミヅハの目に力が宿ると、呼応するように私を包む神力が強さを増す。

『五十鈴川の川辺にて、斎王を想いながら命を失ったあなたと、私の命を救ってくれた優しき斎王の幸せを、私は切に願います』

ミツ様は愛しみあふれる声を残し、霧のように消えていった。

願いを受け、ミヅハの神気が湧き出る。

瞬く間に噴水の如く勢いをつけ、滝壺に叩き落すかのように呪詛を押し流すと、千年に渡る枷を私の体から祓い退けた。

『……ち、かせ……』

主上の……縁の声が聞こえる。

私の体から追い出された呪詛は、幼い頃に見た黒いモヤとなり、やがて縁の形を成した。

「あなたが……私の両親を殺したの？」

答えは返らない。

縁を模（かたど）るそのモヤは、力なくうごめき千枷の名を呼ぶ。

『……永久に、わたしのものだ。わたしのもとに帰っておいで……千枷……』

「縁……ごめんね。私は千枷じゃない……いつきなの。ミヅハも龍芳じゃなく、ミヅハ」

体がだるく重い。思考もぼんやりとしている。

それでも、最後まで伝えなければならないと、私はミヅハの手を握り横たわったまま唇を動かした。

「ここには、あなたが愛した人はもういない」

息も絶え絶えに伝えると、縁がなにか言った気がしたが聞き取れなかった。

でも、辺りの空気がとても軽くなったことで、ようやく呪詛が消えていったのは感じ取れた。

終わったのだ。

これからはもう、呪詛に怯えなくてもいい。

ミヅハともようやく婚姻を結べる。

「千年前の記憶とか、想いとか、色々複雑だけど、私が恋をしたのは、龍芳じゃなくてミヅハなんだよ」

ああ……とても眠い。目を開けているのもつらい。

先ほどの私の言葉は、ミヅハに伝えられたのだろうかと不安に思うも、確かめる余力はなかった。

「いつき……！　ダメだ、逝くな」

耳元で、ミヅハの声が聞こえる。

私の体を強く抱きしめる力と温もりを感じる。

母様の声と、天照様の声も遠くに聞こえて、それから……夕星さんの、声も。

あと少しだけ耐えてくれと懇願するのは誰の声か。

もう、わからない。

ただ……あるのは……ひとつの想いだけ。

ねぇ、ミヅハ……私……あなたを……。


――シャン、シャンと、どこからか神楽鈴の音が聞こえるのをぼんやりと傍受する。

「永き契（ちぎり）を結び固めて――」

伸びやかでやわらかな男性の声が暗闇に広がり、私は夢現に耳を傾けた。

「互に心を結び、力を合わせて、相助け相輔（あいあなな）ひ」

ああ、猿田彦様の祝詞だ。

穢れが祓われたため、急ぎ、ミヅハとの婚礼の儀が執り行われているのだと理解した直後、自分の体の変化に気付く。

渇いた喉を潤すように、よく知った神気が私の体に流れ込んでくるのだ。

心地よさにゆっくりと目を開くと、白い光の中に、今にも泣きだしそうなミヅハの顔が見えた。

「ミヅハ……」

私の声は掠れていて、「いつき」と返すミヅハの声も掠れていて。

だけど、その言葉だけははっきりと聞こえた。

「いつき、俺も、いつきだから惹かれたんだ。いつきだから添い遂げたい。どうか、共に生きてほしい」

私の告白に対する、まっすぐなプロポーズの言葉が胸を打つ。

私も、ミヅハと一緒に生きていきたい。

寄り添い、微笑み合い、時には喧嘩したっていい。

私たちならきっとまた、微笑みを交わし合って、手を取ることができるから。

ふたりを引き合わせ繋いだのは前世の約束だとしても、私たちはそれに縛られてではなく、互いの意思で互いを選んだ。

私の返事はただひとつだけ。

「末永く、お願いします」

人の理からはずれることになっても、あなたと共に生きていくと決めたから。

「玉椿（たまつばき）、八千代（やちよ）を掛けて、家門（いえかど）広く、家名（いえな）高く、弥立（いよたち）栄えしめ給へ」

猿田彦様の温かな言祝ぎの中、ミヅハは幸福に満ち足りた笑みを浮かべ、そっと唇を重ねた――。

【終章】水神様の花嫁

天のいわ屋の広間には、よく知る顔がそろい賑わっている。

縁の呪詛から解放され数日経ち、体力も回復して。

今日、私たちはここで祝言を挙げた。

金の屏風を背に、ミヅハと並ぶ私が纏うのは婚礼衣装。

生命を象徴する紅色の色掛下に、婚家の色に染まる決意を表す真っ白な白無垢。

胸元の筥迫と懐剣は、水神であるミヅハのイメージに合わせた紺色をあしらっており、母様が差し込んでくれた。

懐剣を母親が差し込むのには、『家族を守る覚悟を持ちなさい』という意味が込められているのだ。

濃紺の紋付袴を着たミヅハと三々九度を交わし、天宇受売様が祝言舞を披露してくださった。

あとは、飲めや唄えやの楽しい宴の時間だ。

笑みをこぼし、酒を酌み交わすそのほとんどが神やあやかしなのだが、本日は私以外にも人間がひとり、迎え入れられた。

招待された彼女は、隠し切れない神の神気とあやかしたちの妖気に最初は戸惑っていたけれど、さすがというべきか今ではすっかり場に馴染んでいる。

彼女は、朝霧さんに促され席を立つと私とミヅハの前にやってきた。

「いっちゃん、結婚おめでとう。とっても綺麗……」

「ありがとう、さくちゃん」

「朝霧さんからなにがあったか聞いた時は驚いて声も出なかったけれど、こうしてお祝いができてよかったわ」

「さくちゃんがあの時話してくれていなかったら、私は今ここにいなかったよ。さくちゃんは親友で、命の恩人よ」

本当にありがとうと今度は別の感謝を伝えると、さくちゃんは役に立ててよかったと笑みを浮かべた。

「ミヅハさん、いっちゃんを幸せにしてあげてくださいね」

「ああ、必ず」

「そうだ。これ、よかったらふたりで食べてね」

そう言って差し出されたのは、伊勢ではお祝い菓子として古くから親しまれているくうや観助餅（かんすけもち）だ。

見た瞬間、ミヅハの目の色が変わり、私より早く箱を受け取る。

「深く感謝する」

ミヅハが天のいわ屋のスイーツ王子であることを知っているさくちゃんは、おかしそうにクスクスと笑って「お幸せに」と自分の席へと戻っていった。

入れ替わりにやってきたのは、ほどよく酔っぱらったカンちゃんと、そんなカンちゃんに絡まれても慣れた様子でかわす大角さん。

そして、大角さんに頭を撫でられながら私に手を振り歩く豆ちゃんだ。

「いつき様！　とっても綺麗です！」

「豆ちゃんも、お着物とってもよく似合ってる」

人の姿でおめかししている豆ちゃんは、褒められてモジモジしている。

ああ、豆ちゃんは今日もかわいい。

そんなかわいい豆ちゃんが、勾玉の呪詛を祓うために協力してくれたと聞いた時には驚いた。

というよりも、今日も宴が始まるとそそくさと引きこもってしまった豊受比売様が頑張ってくれている皆の姿を録画していて、回復した私はそれをひとりで見させてもらい、泣いたのだ。

感謝の言葉だけでは言い表せないほどの深い思いが込み上げて、何度もありがとうと言い続けたのを覚えている。

あの夜、皆が命がけで呪詛を祓い、枷をはずしてくれた。

私はこれからその恩を、少しずつでも彼らに返していこうと決めている。

でも、この三人はそんなものはいらないと言った。

先に命を助けてもらったのは自分たちで、その恩を返しただけだと。

「姫さん、ほんっっっとにおめでとう。なんか、こうしてこの日を迎えられたのが夢っ……夢みたいで、オレ……ぐすっ……オレぇ……」

一瞬、泣き上戸かと突っ込みたくなったけれど、カンちゃんにしてみれば千年待ち望んだ光景なのだ。

千枷として見てきたカンちゃんと過ごした日々を思うと、こちらまで泣けてくる。

そしてそれは、大角さんにも言えることだ。

「あの時の言葉は、千枷ではなくいつきだったのだな」

「そう、ですね。そう思うと不思議です」

別れの時、私は予言めいた言葉を残した。

もしかしたら、私が過去に介入していなくても千枷にはなにか視えていて、同じように伝えていたのかもしれないけれど。

なんにしても、こうして再会を果たせたことは素直に嬉しい。

「若旦那は龍芳と違って不器用だからさ、オレはちょっと心配だけど、泣かされたらいつでもオレの腕の中に、ぶえっ」

カンちゃんの顔にミヅハの水弾がヒットした。

「目は覚めたか、千汰」

「へい……若旦那……」

ふたりのやり取りに思わず吹き出してしまうと、豆ちゃんも笑って、大角さんもやれやれと微笑んだ。

そこへ、今度は朝霧さんと夕星さんがやってくる。

「ったく、騒がしいわねぇ。お茶淹れたから、席に戻って飲んでなさい」

朝霧さんにたしなめられたカンちゃんは、大角さんと豆ちゃんに連れられて戻る。

「いつきちゃん、体調はどう？　無理はしていない？　若旦那が相手で後悔してない？」

「おい」

思わず突っ込んだミヅハに、朝霧さんはあははと笑った。

「まあ、今はまだしないわよね。問題はこれからよ。万が一でもおクズ様になり果てたら、今度はあたしが若旦那に呪詛を飛ばしますからね」

男嫌いな朝霧さんらしい檄の飛ばし方に、私だけでなく夕星さんも苦笑する。

「まあまあ、若旦那なら大丈夫だよ。ずっといつきさんを見守ってきたのを知っているだろう？」

「夕星」

「おっと、すまないね若旦那。でも、事実だ。だからいつきさん、どうか幸せに。そして、これからもよろしく」

美しい顔に微笑みを浮かべた夕星さん。

なぜかふと、千枷が祓った黒い妖狐を思い出したけれど、もしも夕星さんが彼の生まれ変わりであるならば嬉しく思う。

「こちらこそ、どうぞよろしくお願いします」

お辞儀をすると、ミヅハも合わせて頭を下げる。

何気ないその行動が、夫婦になったのだと思わせて、私がそっとミヅハに微笑みかけると、彼もまた幸せそうに笑みを浮かべた。


――祝言が終わり、一夜明けて。

私はミヅハと共に天のいわ屋の玄関前に立つ。

本格的に養生が必要になり、根の堅洲国へと移り住む母様を見送るためだ。

朝陽を受ける母様の後ろでは、根の堅洲国へと案内してくれる須佐之男様と、入り口まで付き添うという天照様が口喧嘩をしている。

「アンタは昔からそうやって好き勝手ばかりで、だから嫌なのよ」

「性別を偽って好き放題している兄上には言われたくないな」

「姉上だっていってんだろうが」

おふたりは今回の呪詛による後処理に忙しく、祝言には参加してもらえなかったけれど、ご祝儀だといって大量のお酒や食事を用意してくれた。

騒がしいふたりの声を背に、母様が肩をすくめる。

「まったく、何千年経ってもあのふたりは変わらなくて困るね」

溜め息までついた母様に、私はつい笑った。

「……ねぇ、母様。ミツ様、喜んでくれてるかな」

ミツ様が願っていたハッピーエンドをとりあえず迎えられたけれど、彼女が消えてしまったのは猿田彦様が祝詞を唱える前だったと記憶している。

せめて、黄泉の国に私たちのことが届けばいいと願っていると、母様が「そうだね」と、よく晴れた文月の朝空を見上げた。

「前世で結ばれることのなかったあんたたちふたりが約束の一歩を踏み出せたんだ。きっと、喜んでるだろうさ」

母様は微笑んで、視線を私たちに戻す。

「それじゃあ、行くとするかね。ミヅハ、いつき、宿のことは頼んだよ」

「ああ。任せてくれ」

「今日から若女将として頑張るね。母様、本当にありがとう」

命を繋いでくれて、ありがとう。

母様はなにも言わず、ただ私の頭をくしゃりと撫でてから背を向けた。

大きな荷物を手に騒がしくも去っていく三柱の神を見送ると、ミヅハの手がそっと私の手に絡められる。

「早く、帰ってこれるといいな」

「うん。母様なら驚異の回復力を見せてくれるよ。ところで、ミヅハ」

「なんだ」

手を繋いだまま、ミヅハが私を優しい眼差しで見下ろす。

「私ね、実は、ミヅハは役目だから私との婚姻を受け入れたんだと思ってたんだ」

「……は？」

一転、遠慮など欠片もない極寒の瞳を向けられた。

「え、こわいこわい。にらまないでよ。過去形だから」

「それなら、今は？」

問われて、そういえば直接的な愛の言葉は聞いていないことに気付く。

損得がどうとか、いつきだけでいいとか、添い遂げたいとかそんな言葉はもらったけれど、肝心な言葉はまだだった。

「大変。プロポーズはしてもらったけど、ちゃんと言われてない」

「……それを言うなら、俺もそうだが」

「え、私はちゃんと恋してるって、言った気がするけど」

「それは状況説明だろう」

突っ込まれ、「あ、そうかも」と笑うと、ミヅハは呆れたように息を吐き、けれどすぐに愛おしそうに優しく微笑んだ。

朝陽を吸い込んでやわらかく煌めく彼の髪が、風になびく。

「いつき、生涯、俺にはお前だけだ。愛している」

人であろうと、神であろうと、あやかしであろうと。

二度と離れることなく、互いが互いを想う気持ちを大切にしながら。

「命を繋げてくれてありがとう、ミヅハ。私も、生涯であなただけを愛します」

誓うと、頬にミヅハの大きな手が触れる。

愛しい温もりに瞼を閉じ、彼の端整な顔が近づく気配がした……その時。

「姫さーん！　どこだー？」

「干汰、いつきさんのことはこれから若女将と呼ぶべきではないかい？」

「あ、そうか。仕事ではそうするか。わーかおーかみー！」

私を探すカンちゃんと夕星さんの声に、私たちは動きを止めた。

どうやら仕事の時間がやってきてしまったらしい。

おあずけとなってしまい、溜め息をついたミヅハ。

「仕方ない、行くか」

「そうだね」

微笑み合い、暖簾をくぐる。

そうして私は、伊勢に流れる五十鈴川、穢れを祓いし水神様の妻として、今日も天のいわ屋でお客様をおもてなしするのだった。

完

あとがき

みなさまこんにちは。神社仏閣、雰囲気のある旅館と温泉が大好きな和泉あやです。

この度は、「お伊勢 水神様のお宿に嫁入りいたします」をお読みくださいましてありがとうございます。伊勢、天のいわ屋を舞台にした主人公いつきと水神ミヅハの千年の恋、いかがでしたでしょうか。

今回は、神様やあやかしたちが登場するお話。せっかくなので、彼らの長寿を活かした物語にしたいと思い、前世が絡むお話となりました。

縁(えん)や愛情をテーマにし、個性あふれる天のいわ屋の従業員たちと美味しいものをモグモグしてるかと思いきや、いつきの命が危うかったり、前世に飛んでしまったり。

陰陽師や祝詞なども登場させ、漫画やアニメになったら映えそうなシーンもあり、書いている私も楽しかったです。お札を使って四神を出した時は滾(たぎ)りました。多分、中二病を患ってました。

という私の奇病話はさておき、伊勢の物語なので伊勢のお話を。

実は、この物語を書く前に伊勢へ旅行に行きました。

伊勢の小説を書く予定はなく、一生に一度はお伊勢さんに行ってみたいと思っての家族旅行です。しかし、こうして伊勢を舞台にしたお話を書くことになったので、神様からご縁をいただいたのかなと思ったりしています。

そんな運命の伊勢旅行。神社仏閣好きな私は神宮参拝だけでも大満足でしたが、おはらい町、おかげ横丁が最高に気に入ってしまいまして！

作中にも出てくる赤福さんの赤福氷を家族でシェアして食べたり、屋台の松坂牛の串焼きもめちゃんこ美味しかったです。購入してすぐに次女（当時三歳）が落として買い直す羽目になった生絞りのオレンジジュース（オレンジの皮に入っててオシャレ）もフレッシュでおかわりしたくなるほど気に入りました。お土産屋さんもたくさんあって飽きず、また機会を作ってお邪魔したいなと目論んでおります。

まだ伊勢に行ったことないよーという皆様、ぜひ一度行ってみてください。お腹も心も満たされること間違いなしですよ～。その時は、天のいわ屋があるのはこのあたりかな？などと思い出していただけたら幸いです。

最後に、この作品の書籍化にあたりご尽力くださいました皆様、溜め息が出るほどに美しいイラストで今作を彩ってくださいましたセカイメグル様、そして、読者の皆様に心より感謝申し上げます。

二〇二〇年九月　和泉あや

この物語はフィクションです。実在の人物、団体等とは一切関係がありません。

和泉あや先生へのファンレターのあて先
〒104-0031　東京都中央区京橋1-3-1　八重洲口大栄ビル7F
スターツ出版（株）書籍編集部 気付
和泉あや先生

お伊勢 水神様のお宿に嫁入りいたします

2020年9月28日　初版第1刷発行

著　者　和泉あや　

発 行 人　菊地修一
デザイン　カバー　北國ヤヨイ
　　　　　フォーマット　西村弘美
発 行 所　スターツ出版株式会社
　　　　　〒104-0031
　　　　　東京都中央区京橋1-3-1　八重洲口大栄ビル7F
　　　　　出版マーケティンググループ　TEL 03-6202-0386
　　　　　（ご注文等に関するお問い合わせ）
　　　　　URL　https://starts-pub.jp/
印 刷 所　大日本印刷株式会社

Printed in Japan

ISBN　978-4-8137-0977-0　C0193

スターツ出版文庫　好評発売中!!

『恋する金曜日のおつまみごはん～心ときめく三色餃子～』栗栖(くりす)ひよ子・著

仕事一筋、女子力ゼロな干物女子・充希は、行きつけの居酒屋でご飯を食べることが唯一の楽しみ。しかしある事情で店に行けなくなり、自炊するも火事寸前の大惨事に。心配し訪ねてきた隣人はなんと社内屈指のイケメン後輩・塩見だった。実は料理男子な彼は、空腹の充希を自宅に招き、お酒好きな充希のために特製『おつまみごはん』を振る舞ってくれる。充希はその心ときめく美味しさに癒され、いつの間にか彼の前では素の自分でいられることに気づく。その日から“金曜日限定”で彼の家に通う秘密の関係が始まって…。

ISBN978-4-8137-0958-9／定価：本体580円+税

『きみが明日、この世界から消える前に』此見(このみ)えこ・著

ある出来事がきっかけで、生きる希望を失ってしまった幹太。朦朧と電車のホームの淵に立つと「死ぬ前に、私と付き合いませんか！」と必死な声が呼び止める。声の主は、幹太と同じ制服を着た見知らぬ美少女・季帆だった。その出会いからふたりの不思議な関係が始まって…。強引な彼女に流されるまま、幹太の生きる希望を取り戻す作戦を決行していく。幹太は真っ直ぐでどこか危うげな彼女に惹かれて行くが…。しかし、季帆には強さの裏に隠された、ある悲しい秘密があった——。

ISBN978-4-8137-0959-6／定価：本体600円+税

『御堂誉の事件ファイル～鳥居坂署のおひとりさま刑事～』砂川雨路(すながわあめみち)・著

鳥居坂署一の嫌われ部署「犯罪抑止係」に配属になった新人警察官・巧。上司・御堂誉は二十八歳にして警部補という超エリートだが、エゴイストで社交性ゼロ。かつて捜査一課を追放された超問題児。「こんな部署になぜ俺が!?」と絶望する巧のもとに、少年たちによる特殊詐欺の疑惑が届く。犯抑には捜査権がない。しかしたったひとり秘密裏に捜査を始めた誉。そこで巧が目の当たりにしたのは誉の驚くべき捜査能力で——!?異色のコンビが敵だらけの署内で真実を追う、痛快ミステリー！

ISBN978-4-8137-0960-2／定価：本体580円+税

『龍神様の押しかけ嫁』忍丸(しのぶまる)・著

幼い頃の初恋が忘れられず、26歳になっても恋ができない叶海。“初恋の彼に想いを告げて振られたらいいんだ”と考えた叶海は、かつて過ごした東北の村を訪れるが——。十数年ぶりに再会した幼馴染・雪嗣は、人間ではなく、村を守る龍神様だった！「私をお嫁さんにして！」「——断る‼」再び恋に落ちた叶海は雪嗣を落とすべく、“押しかけ嫁”となることに！何度求婚してもつれない態度の雪嗣だったが、たまに見せる優しさに叶海は恋心を募らせていって——!?

ISBN978-4-8137-0961-9 ／ 定価：本体630円＋税

スターツ出版文庫　好評発売中!!

『新米パパの双子ごはん』　遠藤遼（えんどうりょう）・著

情に厚く突っ走りがちな営業マンの兄・拓斗と、頭はキレるが感情表現は苦手な大学准教授の弟・海翔。ふたりが暮らす家に突然「パパ！」と四歳の双子・心陽と遥平が転がり込んできた。小さなふたりに見覚えはないが、まったく身に覚えがない訳ではない兄弟…。どちらが父親なのか、母親が誰なのか、謎だらけ。けれども、拓斗の下手な手料理を満面の笑みで頬張る食いしん坊な双子を見ているうち、いつの間にか愛情のようなものが芽生え…。不器用な男ふたりのパパ修行が始まる!?

ISBN978-4-8137-0943-5／定価：本体620円＋税

『この度、狼男子!?を飼うことになりました』　桃城猫緒（ももしろねこお）・著

駆け出し中のアイドル・天澤奏多は、人生最悪の１日を過ごしていた。初めての出演映画は共演者のスキャンダルでお蔵入りの危機。しかも通り魔に襲われ、絶体絶命の大ピンチ——。しかし、狼のような犬に助けられ、九死に一生を得る。ほっとしたのも束の間、犬は「カナ！会いたかった！」と言葉を発して——!?まるで奏多の旧友だったかのように接してくる“喋る犬”ドルーと、戸惑いつつも不思議な生活をスタートするが、ある日ドルーが人間の姿に変身して…!?

ISBN978-4-8137-0944-2／定価：本体570円＋税

『ラスト・ゲーム～バスケ馬鹿の君に捧ぐ～』　高倉（たかくら）かな・著

高３の春。バスケ部部長の元也は、最後の試合へ向けて練習に励んでいた。大好きなバスケがあり、大事な仲間がいて、女子バスケ部の麻子とは恋が生まれそうで…。すべてが順調だったが、些細な嫉妬から麻子に「お前なんか好きじゃない」と口走ってしまう。それが原因で、尊敬する父とも衝突。謝罪もできないまま翌日、父は事故で他界する。自分のせいで父が死んだと思った元也は、青春をかけたバスケとも距離を置き始め…。絶望の中にいる元也を救ったのは…!?15万人が涙した青春小説。

ISBN978-4-8137-0945-9／定価：本体600円＋税

『ヘタレな俺はウブなアラサー美女を落としたい』　兎山（とやま）もなか・著

念願のバーをオープンさせ、経営も順調なアラサーバーテンダーの絹。ある日の明け方、お店の前でつぶれていたパリピな大学生・純一を介抱したのをきっかけに彼はお店で働くことに。「絹さんって彼氏いるんスか」と聞いて積極的にアプローチしてくる彼に、しばらく恋愛ご無沙汰だった絹は、必死でオトナの女を演じるが…一方、チャラ男を演じていた純一は実はガチで真面目なピュアボーイで、必死で肉食系を演じていた始末…実はウブなふたりの、カクテルよりも甘い恋愛ストーリー。

ISBN978-4-8137-0926-8 ／ 定価：本体610円＋税

スターツ出版文庫　好評発売中!!

『あの夏、夢の終わりで恋をした。』冬野夜空・著

妹の死から幸せを遠ざけ、後悔しない選択にこだわってきた透。しかし思わずこぼれた自分らしくない一言で、そんな人生が一変する。「一目惚れ、しました」告白の相手・咲葵との日々は、幸せに満ちていた。妹への罪悪感を抱えつつ、咲葵のおかげで変わっていく透だったが…。「――もしも、この世界にタイムリミットがあるって言ったら、どうする？」真実を知るとき、究極の選択を前に透が出す答えとは…？　後悔を抱える2人の、儚くも美しい、ひと夏の恋――。

ISBN978-4-8137-0927-5 ／ 定価：本体590円＋税

『熱海温泉 つくも神様のお宿で花嫁修業いたします』小春りん・著

仕事も恋も家も失い、熱海に傷心旅行に来た花は、一軒の宿に迷い込んでしまう。モフモフのしゃべる狸が出迎えるそこは、つくも神様が疲れを癒しにやってくる温泉宿だった！なりゆきで泊まったものの宿代が払えず、借金返済のために仲居をすることになった花。しかも、意地悪なイケメン若旦那・八雲の花嫁候補にまで任命されて…!?どん底女子が、個性豊かな神様たちと出会い成長していく、心温まる物語。「スターツ出版キャラクター小説大賞」大賞受賞作。

ISBN978-4-8137-0928-2 ／ 定価：本体660円＋税

『神様の教育係始めました～冴えない彼の花嫁候補～』朝比奈希夜・著

飲料メーカーの営業をしているあやめは、ヘタレな後輩・十文字君とコンビを組んでいる。まともに営業もできない気弱な彼を育てるために奮闘する日々。加えて実はあやめは、あやかしが見える体質で、なぜか最近あやかしたちに攻撃されるようになり悩んでいた。そんなある日、あやかしに襲われていたところを、銀髪で和装姿の超絶イケメンに助けられる。「俺の嫁になれ」「よ、嫁!?」動揺しつつも、落ち着いてよく見ると、その彼は十文字君にどこか似ていて…？

ISBN978-4-8137-0929-9 ／ 定価：本体630円＋税

『またもや不本意ながら、神様の花嫁は今宵も寵愛されてます』涙鳴・著

『ともに生きよう。俺の番』――不運なOL生活から一転、神様・朔の花嫁となった雅。試練を乗り越え、朔と本当の夫婦になれたはずなのに“寝床が別”ってどういうこと…!?　朔との距離を縮めようとする雅だが、ひらりと躱され不満は募るばかり。そんな最中、またもや雅の特別な魂を狙う新たな敵が現れて…。朔の本当の気持ちと、夫婦の運命は――。過保護な旦那様×お転婆な花嫁のどたばた＆しあわせ夫婦生活、待望の第2弾！

ISBN978-4-8137-0909-1 ／ 定価：本体560円＋税

書店店頭にご希望の本がない場合は、書店にてご注文いただけます。